철학을
하지않는
닭

철학을 하지 않는 닭

초판1쇄 발행 2017년 7월 25일

지은이 강국진
그린이 마성훈
찾은이 정광진
고친이 신혜옥

펴낸곳 (주)봄풀출판
인쇄 예림
제책 바다
디자인 모아김성엽

신고번호 제406-3960100251002009000001호
신고년월일 2009년 1월 6일

주소 경기도 파주시 회동길 455-2, 4층
전화 031-955-9850
팩스 031-955-9851
이메일 spring_grass@nate.com

ISBN 978-89-93677-94-2 03810

이 도서의 국립중앙도서관 출판예정도서목록(CIP)은 서지정보유통지원시스템 홈페이지(http://seoji.nl.go.kr)와 국가자료
공동목록시스템(http://www.nl.go.kr/kolisnet)에서 이용하실 수 있습니다.(CIP제어번호: CIP2017016038)

나를 찾는 여행 ①

강국진 지음

철학을 하지 않는 닭

봄풀

내가 일본에서 살던 몇 년 전의 일이다. 당시 나는 〈철학의 목적〉이라는 글을 쓰고 있었다. 그 글은 화이트헤드의 《관념의 모험》이라는 책을 읽으면서 떠오른 생각들을 적는 것이었는데, 나는 그 글 안에서 '철학을 하지 않는 닭'이라는 표현을 사용하게 되었다.

글은 곧 완성했지만 그 표현은 왠지 내 머릿속을 떠나지 않았다. 그러더니 얼마 지나지 않아 이 책의 1부에 해당하는 이야기가 튀어나왔다. 글이란 게 본래 그렇게 써지는 일이 종종 있지만, 이 이야기는 그중에서도 유달리 갑작스러웠다. 마치 누군가가 내 머릿속에서 이야기를 불러주고 있는 것 같았고, 받아 적기가 바쁠 정도였다. 나는 쓰면서도 나 자신이 독자인 것처럼 이야기를 읽었고 단숨에 끝까지 다 썼다.

어떤 글은 고생스럽게 억지로 노력하며 썼는데도 다 쓰고 보면 참 마음에 안들 때가 있다. 반면에 어떤 글들은 안 쓰기 힘들 정도로 저절로 써지는데도 다 쓰고 보면 괜찮다고 느끼게 된다. 《철학을 하지 않는 닭》은 그런 이야기였다. 쓰고 보니 재미있는 이야기였고, 아내도 내 지인들도 좋아했다. 하지만 그것뿐이었다. 나는 이 짧은 이야기를 서서히 잊어갔다.

그런데 그것으로 끝이 아니었다. 나는 연작을 쓸 생각이 없었고 다음편에 대한 생각을 하는 일도 없었는데 그 이후로 같은 일이 자꾸 벌어졌다. 이제 끝났다 싶으면 몇 달의 간격을 두고 다른 이야기들이 하나하나 갑자기 나타났다. 계절이 바뀐 어느 날 연구실로 가는 눈길을 걸으며 어제 풀던 문제에 대해 생각하던 중 갑자기 다음편이 나타나서는 나에게 자신을 써줄 것을 요구하는 식이었다. 이 책에 실린 4부작의 이야기는 그렇게 만들어졌다.

책이 쓰인 과정으로도 알겠지만, 이 이야기들은 어떤 정해진 내용을 미리 기획했다거나 특정 주제에 대한 자료를 모아 요약하고 그것을 말하기 위해 쓰인 게 아니다. 나 스스로가 생각을 하기 위해 쓰인 것이다. 다시 말해, 사색의 결과를 요약하고 정리했다기보다 사색을 위해 써졌다. 남의 생각을 곱씹기보다는 나를 찾기 위해 써진 것이다.

나는 독자들이 이 책을 읽고 조금이라도 충격을 받고 놀라기를 기대한다. 그리고 그 충격의 체험이 독자들로 하여금 스스로의 생각에 빠지게 만들길 바란다.

언젠가는 누군가가 이 이야기들을 정리해서는 "아, 그 이야기들의 요점은 이거야."라고 말해 주는 날이 올지도 모른다. 그것도 나름 영광되고 좋은 일이다. 하지만 그보다는 이 책을 읽는 분들이 재미를 느끼고 뭔가를 체험하는 것이 더 소중하다. 지금 와서 돌아보면 이 이야기들은 그런 목적을 위해서 나에게 온 것으로 생각된다. 이 이야기들은 어떤 지식을 주기 위한 게 아니다.

다행히도 여러분에게 어떤 생각이 떠오른다면 그 생각에 마음껏 빠지시라. 먼저 책을 끝까지 읽기 위해, 예를 들어 한번에 1부부터 4부까지 모두 다 읽기 위해 그런 생각을 억눌러서는 안 된다. 여러분에게는 이 책보다 그 생각이 더 중요하다.

애초에 이 이야기들은 독자들이 한편한편 사이에 상당한 시간 간격을 두고 다음편을 읽는 상황에서 써졌다. 짧은 이야기들이기는 하지만 독자가 한꺼번에 모두 다 읽을 것을 기대하고 쓰인 것은 아니다. 이미 활자화가 된 이 책은 독자 여러분을 기다려주겠지만, 문득 떠오른 그 생각은 애써 붙잡지 않으면 금방 사라질 것이다. 그러나 그것을 붙잡으면 나중에는 상상 이상으로 길고 큰 생각으로 자라날 수 있다. 혹시 모른다. 그러다 보면 언젠가는 여러분들이 여러분의 이야기를 나에게 들려주는 때가 올 수도 있다. 그런 일이 생긴다면 아주 큰 영광이고 기쁠 것이다.

하지만 설사 생각이 정리되지 않는다고 하더라도 큰 문제는 아니다. 그저 잠깐 멍했던 것뿐이더라도 그렇게 한 호흡 쉬는 것이 좋다. 그 잠깐 쉬는 시간에 무슨 생각을 했는지 나중에는 도통 모르겠더라도 뭔가를 느끼는 그 시간도 아주 중요하다고 나는 믿는다. 의식적으로 뭔가를 알게 된 것만이 전부는 아니다.

책을 출간하자고 제안해 주시고 도움을 주신 정광진 대표에게 감사의 말씀을 드리고 싶다. 또한 지금의 나를 있게 해 준 가족들과 부모님들, 지인들에게도 감사하다. 여러분들을 사랑한다고 말할 기회가 생기는 것이 이렇게 책을 내게 된 기쁨 중의 하나다. 지금 이 글을 읽으며 이 책을 읽기로 한 독자 여러분에게도 감사드리고 싶다. 아무쪼록 좋은 시간이 되기를 바란다.

강국진

차례

1부

닭에게 필요한 질문

교촌3호의 하루

어느 마을 닭농장에는 철학을 하지 않는 닭, 교촌3호가 살았습니다.

아침이면 닭장에는 빛이 들어왔습니다. 교촌3호는 물을 마셨습니다. 그리고 모이를 먹었습니다.

다음날 아침에도 닭장에는 빛이 들어왔습니다. 교촌3호는 물을 마셨습니다. 그리고 모이를 먹었습니다.

그 다음 날 아침에도 닭장에는 빛이 들어왔습니다. 교촌3호는 물을 마셨습니다. 그리고 모이를 먹었습니다.

교촌3호는 고민이 많았습니다. 그에게는 풀어야 할 문제가 많았기 때문입니다. 닭장 문이 너무 일찍 열리는 날에는 하루 종일 졸음이 쏟아졌습니다. 게다가 밤에 비라도 오면 지붕을 치는 빗소리가 너무 요란하고 시끄러워 제대로 잠을 이룰 수가 없었습니다. 비가 온 다음 날은 그래서 더욱 졸렸습니다. 어느 날은 마실 물이 너무 적을 때도 있었습니다. 또 물이 충분하다 싶은 날에는 모이가 너무 적어서 배가 고프기도 했습니다.

오늘도 그랬습니다. 그는 언제나처럼 일정한 속도와 강도를 유지하며 정확히 같은 양만큼의 모이를 한 번에 먹었습니다. 그는 이젠 모이를 먹는 동작에 너무나도 능숙했기 때문에 한 번에 같은 양의 모이를 먹는 일에 대해서는 생각할 필요도 없었습니다. 그런데도 오늘은 모이가 너무 빨리 없어져 버렸습니다. 문제는 이런 일이 자주 일어난다는 데 있었습니다.

철학을 하지 않는 닭, 교촌3호는 생각했습니다.

'이건 분명히 어제 내가 닭장의 오른편으로 치우쳐서 잤기 때문일 거야. 정확히 한가운데에서 자지 않을 거라면 닭장이 왜 필요하겠어? 내가 정확히 닭장 한가운데서 꼼짝도 하지 않고 잔다면 틀림없이 다른 어떤 날보다도 더 많은 양의 모이가 주어질 거야!'

그 후부터 교촌3호는 어느 한쪽으로도 치우지지 않고 정확히 닭장의 한가운데에서 자려고 노력했습니다. 그리고 며칠이 지난 어느 날, 그는 드디어 모이통에 평상시보다 두 배 가까이나 되는 모이가 들어 있는 걸 발견했습니다. 기대했던 대로 자신의 노력이 결실을 맺었던 것입니다. 하지만 그 다음 날이 되자 모이는 다시 줄어들었습니다.

교촌3호는 생각했습니다.

'그래. 나는 한가운데서 잠이 들긴 했지만 자면서 몸을 움직이는 바람에 그곳을 벗어나고 만 게 틀림없어!'

그는 이제 자면서도 몸을 움직이지 않을 방법을 고민했습니다. 그런데 어느 날에는 모든 걸 포기한 채 아무 노력을 하지 않았는데도 더 많은 모이가 주어질 때가 있었습니다. 그런 이상하고도 특별한 날에 대해 교촌3호는 심각하게 생각했습니다.

'이건 그날들이 그냥 국경일처럼 가끔씩 정해진 특별한 날이기 때문일 수도 있어. 그냥 모두에게 주어지는 보너스 같은 거지. 하지만 이런 닐들이 있다는 건 모이의 양을 결정하는 데 있

어 단순히 한가운데서 자는 것만이 중요한 게 아니라 몸의 균형과 자세도 중요하다는 걸 말하는 게 아닐까?'

교촌3호는 지금까지 해온 연구가 매우 자랑스러웠습니다. 어리석고 게으른 다른 닭들은 닭장 안에서 자는 위치와 모이의 양의 관계에 대해서는 아무것도 알고 있지 못했기 때문입니다. 그에게는 아직 몇 가지 풀리지 않은 사소한 의문들이 있기는 했지만, 세상이 돌아가는 걸 관찰해 보면 자신의 이론은 거의 완벽하게 증명되고 있었습니다. 현명함과 성실함으로 이루어낸 자신의 성과는 스스로도 대견해 보였습니다.

'후후, 나처럼 성실하고 현명하게 생각하며 사는 닭도 없을 거야.'

그는 '잠이 들기 전에 취하는 발의 모양새와 물의 양이 서로 관련이 있다.'는 자신의 또 다른 이론도 그 현명함과 성실함으로 분명하게 증명할 수 있으리라 철석같이 믿었습니다. 앞으로 다가올 수많은 생산적인 날들을 생각하면 교촌3호의 가슴은 터질 듯 부풀어 올랐습니다.

콩을 먹는 달걀이

그 닭농장의 주인에게는 아들이 하나 있었습니다. 모두가 그를 '달걀이'라고 불렀습니다. 머리 위쪽이 뾰족하게 생긴 괴상한 머리형을 가지고 있는데다가 집이 닭농장을 하고 있기 때문입니다. 그 별명이 싫었던 달걀이는 외출은커녕 자기를 자꾸만 이상한 눈으로 쳐다보는 사람들을 피해 집안일을 도우면서 가능한 한 집 안에서만 지냈습니다.

달걀이는 아침에 일어나면 닭장을 덮은 덮개를 걷고, 닭장 문을 열어 닭들에게 물을 주고, 모이를 주었습니다. 그리고 저녁이 되면 다시 물을 주고, 모이를 주고, 덮개를 덮었습니다.

그는 기분 좋은 날이면 닭들에게 인심 쓰듯 모이를 많이 주었습니다. 하지만 일하기 싫거나 기분이 안 좋을 때에는 모이를 적게 주거나 아예 빼먹고 안 주기도 했습니다. 늦잠을 자는 날에는 닭장 덮개를 늦게 걷는 일도 있었습니다.

달걀이는 자기의 못생긴 얼굴 때문에 고민이 많았습니다. 얼굴이 잘생겨 인기가 많은 사람들을 보면 너무 부러웠습니다. 얼굴이 잘생겼다면 자기가 좋아하는 예쁜 숙이에게 자신있게 데이트 신청도 할 수 있을 테니까요.

'그렇게만 된다면 내일 당장 죽어도 좋을 거야.'

숙이와의 데이트는 달걀이의 소원이었습니다. 이런 달걀이에게 언젠가 엄마는 콩을 많이 먹으면 잘생겨진다는 말을 해준 적이 있었습니다. 콩을 많이 먹으면 얼굴이 잘생겨질 뿐만 아니라 키도 커지며, 머리 모양도 예뻐진다는 것이었습니다. 달걀이는 엄마의 말을 철석같이 믿고 매일매일 콩을 먹으며 지냈습니다.

달걀이는 자기네 닭장에 묘하게 행동하는 닭인 교촌3호가 있다는 사실을 진작부터 알고 있었습니다. 그 닭은 꼬꼬댁거리며 여기저기를 휘젓고 다니는 다른 닭과는 달리 한 곳에서 꼼

짝도 하지 않으려 안간힘을 쓰는데다가 때로는 괴상한 자세를 취하곤 했기 때문입니다.

달걀이는 오랫동안 교촌3호의 행동을 관찰했습니다. 그리고 마침내 그 닭이 무슨 생각을 하는지 알 수 있었습니다. 그가 보기에 교촌3호는 정말로 엉뚱한 고민을 하는 이상한 닭이었습니다. 교촌3호가 고민하는 문제들은 자신의 게으름과 일에 대한 서투름 때문에 생기는 것이었지 교촌3호가 어떤 자세를 취한다고 해서 벌어지는 일들이 아니었으니까요.

달걀이의 생각에 교촌3호가 고민해야 할 일은 정작 따로 있었습니다. 바로 자기와 같은 닭장에 있던 다른 닭들이 한 마리 한 마리 사라진다는 것이었죠. 물론, 그는 사라진 닭들이 닭장 밖으로 끌려 나가서는 죽임을 당하고 껍질이 벗겨져 튀겨진다는 사실까지는 알 수 없겠지만, 그럼에도 불구하고 교촌3호는 다른 닭들이 사라지고 있는 현실에 주목해야 마땅했습니다. 교촌3호가 연구를 해서 어떤 하나의 이론을 증명해야 한다면, 그것은 당연히 '어떤 닭들이 어떻게 닭장에서 사라지는가'에 대한 것이어야 했죠. 하지만 그는 닭장 안에서 닭이 어떻게 자는가에 따라 물과 모이가 주어지는 양이 달라진다는 자신의 가설을 증명하는 일에만 골몰할 뿐 사라지고 있는 다른 닭들에 대해서는 전혀 신경 쓰지 않았습니다.

사실 교촌3호는 닭장 안의 닭이 한 마리씩 사라진다는 걸 몰랐습니다. 왜냐면 그것은 자신의 관심사인 수면시간이라든가, 물의 양이라든가, 모이의 양 같은 것과는 아무런 관련이 없었기 때문입니다. 그는 다른 닭들에게는 관심이 거의 없었습니다. 다만, 가끔 다른 닭들이 시끄럽게 홰를 치는 바람에 잠을 자지 못할 때나 자신이 닭들과 같이 있다는 걸 잠깐씩 느낄 뿐이었습니다. 그럴 때면 그는 오히려 시끄럽고 멍청한 주변의 닭들 따위는 다 없어졌으면 좋겠다고 투덜거리며 신경질적으로 날갯짓을 했습니다.

교촌3호를 보고 입 안에 가득 채운 콩들을 조금씩 씹어 삼키면서 달걀이는 생각했습니다.

'저 닭은 바보야!'

닭장에
기계를 설치하다

어느 날, 교촌3호가 사는 닭장에 자동으로 물을 주는 기계가 설치되었습니다. 닭들에게는 매일 일정한 시간에 정확히 같은 양의 물이 주어지게 되었죠.

귀찮게 닭들에게 직접 물을 주지 않아도 된 달걀이는 일이 줄었다며 기뻐했습니다. 기계를 설치한 달걀이의 아버지는 분명 닭들도 좋아할 거라고 말했습니다. 착하기는 하지만 일하는 데에는 무지 서툰 아들이 대충대충 물을 주던 때와는 달리, 닭들이 정확히 같은 시간에 정확한 양의 물을 먹을 수 있게 되었기 때문입니다.

달�걀이의 아버지는 농장을 100퍼센트 자동으로 돌아가도록 만들고 싶었습니다. 그렇게 되면 물뿐 아니라 모이도 매일 같은 시간에 정확히 같은 양이 자동으로 들어가고, 닭장의 덮개도 자동으로 걷히고 덮일 테니까요. 심지어는 닭들이 일정한 무게에 도달하면 자동으로 분류되어 도살되고, 자동으로 털이 뽑혀 튀김이 되는 그런 미래까지도 가능해 보였습니다. 더할 나위 없는 효율성을 가진 닭농장이 되는 것이죠.

'그런 닭장 안에 살면 닭들도 지금보다 훨씬 행복할 거야. 효율적이 된다는 건 그 무엇보다 좋은 일이니까!'

달걀이의 아버지는 생각했습니다.

자동으로 물을 주는 기계가 설치되고 얼마 지나지 않았을 때 달걀이는 새로운 사실 하나를 발견했습니다. 철학을 하지 않는 닭, 교촌3호가 자신이 물을 먹고 있다는 사실을 잊어버렸다는 것입니다.

교촌3호 스스로가 물을 먹는다는 걸 인식할 수 있었던 이유는 불확실성 때문이었습니다. 미래가 불확실하기 때문에, 다시 말해서 다음번에는 물을 조금 먹게 될지 많이 먹게 될지, 아니면 전혀 못 먹게 될지 모르다 보니 물에 관심을 갖게 된 것이죠. 하지만 기계가 정확히 같은 시간에 일정한 양이 물을 주고 자동으로 물통을 청소해 버리자 물에 관심이 없어졌습니다. 그리고 얼마 지나지 않아 자신이 물을 마시고 있다는 사실도 잊었으며, 물을 마시지 않으면 죽는데도 물이 얼마나 고마운 것인지조차 잊고 말았습니다.

'하긴 나도 평상시에는 내가 숨을 쉰다는 사실, 공기가 필요하다는 사실을 잊고 살지. 특별히 열심히 뛰거나 수영을 하거나 해서 공기가 필요할 때가 아니면 말이야. 더구나 닭장 속의 닭은 살을 찌우는 일 외에는 아무것도 안 하니까 뭔가 잊어버리기가 더 쉬울 거야.'

곰곰이 생각하던 달걀이는 언젠가 번화한 도시에 나갔을 때 매연과 이상한 냄새 때문에 머리가 어지럽던 일을 기억했습니다. 그제서야 알게 되었습니다. 자신의 동네에 언제나 있는 이 상쾌한 물이며 공기도 당연한 게 아니라는 사실을……

자동으로 물 주는 기계를 설치한 후 신이 난 달걀이의 아버지는 얼마 지나지 않아 자동으로 빛을 조절해 주는 기계와 모이를 주는 기계도 설치했습니다. 이제 닭장의 덮개는 더 이상 걷히지 않았습니다. 일정한 시간에 정확히 같은 강도의 빛이 닭장 안을 비출 뿐이었습니다. 매일 같은 시간에 정확히 똑같은 양의 모이와 물이 닭들에게 주어지는 것은 당연했습니다.

외부로부터 잘 차단된 닭장 안에서는 닭들이 내는 소리 외에는 그 어떤 소리도 들리지 않았습니다.

교촌3호는 이제 아무런 생각도 하지 않게 되었습니다. 살아 있기는 했지만 다른 동물들처럼 활기차게 살아 있는 게 아니라 마치 밭에 심어놓은 무나 배추 같았습니다. 다른 닭들도 마찬 가지였습니다. 모두 꿈 없는 잠을 자는 것처럼, 몽유병 환자처 럼 그렇게 살았습니다.

그러던 어느 날 비극적인 일이 일어났습니다. 닭장 안에 있 던 닭들의 몸이 점점 약해지면서 많은 닭들이 죽어 버린 겁니 다. 교촌3호도 많이 약해져 있었습니다.

그때 어떤 잘난 닭 한 마리가 말했습니다.

"이게 다 우리가 규칙에 맞춰 성실하게 살지 않고 방탕하게 살았기 때문입니다. 정해진 모이만 먹었어야 하는데, 다른 것 을 먹거나, 쓸데없이 움직이거나, 실현 가능성이 없는 이런저 런 상상으로 시간을 보내다 보니 이런 일이 벌어지는 겁니다. 앞으로는 더욱 철저하게 매일 똑같이 정해진 일과에 따라 꼭 필요한 일만 하면서 살 수 있도록 노력해야 합니다. 허튼 생각 은 버리고 진리의 말에 띠리 살아야 합니다. 진리란 바로 규치입니다. 규칙은 규칙인 것이죠!"

잘난 닭을 지지하는 몇몇 닭들이 따라서 외쳤습니다.

"규칙은 규칙이다!"

그때 멍청한 닭 한 마리가 고개를 갸웃거리며 물었습니다.

"저는 잘 이해가 안 갑니다만……."

잘난 닭이 다그치듯 그를 나무라며 몰아붙였습니다.

"도대체 공부를 안 하니까 그런 겁니다. 모이란 무엇입니까? 닭이란 무엇입니까?"

멍청한 닭은 잘난 닭이 던지는 어려운 질문에 대답을 할 수가 없었습니다. 그런 것도 모르면서 무슨 질문을 하느냐는 고압적인 태도에 조용히 고개를 숙이고 말았습니다. 저렇게 확신에 차 있는 것을 보니 잘난 닭은 틀림없이 답을 알고 있으리라는 생각이 들었습니다. 그는 잘난 닭이 하는 말을 한마디도 빠짐없이 반복하면서 외우기 시작했습니다.

교촌3호도 다르지 않았습니다. 잘난 닭의 말에 따라 모이와 물을 먹을 때 말고는 움직이지 않았습니다. 지금까지보다 더 규칙적으로 생활을 했습니다. 하지만 몸이 좋아지기는커녕 왠지 날로 더 나빠져만 가는 것 같았습니다.

닭들이 무더기로 죽어나가자 다급해진 달걀이 아버지는 여기저기에 그 이유를 물었습니다. 원인은 기계라고 했습니다. 닭들에게는 살아가기에 충분할 만큼의 불확실성이 필요한데, 그렇지 않기 때문에 몽유병 환자처럼 살다가 죽는다는 말이었습니다.

"그러니까 수조에 오징어를 넣어서 먼 곳으로 옮길 때도 그냥 편안하게 살 수 있는 수조에 넣으면 오징어가 다 죽어 버린다고. 하지만 수조에 오징어를 잡아먹고 사는 놈을 한 마리 넣어주면 오징어들이 훨씬 오래 살아남지. 살려는 움직임이 살도록 만드는 거야. 환경이 아무리 좋아도 정해진 대로만 살게 되면 생명은 오히려 단축되고 만다니까!"

달걀이 아버지의 초대로 닭농장을 방문한 사람이 술을 한잔 걸치고 나서 한 말이었습니다. 보험을 몇 개 더 가입하라고 권유하기 위해 찾아온 친척의 소개로 알게 된 사람이었죠.

답을 알고 있는 잘난 닭은 오래 살려면 더욱 철저히 규칙에 맞춰 살아야 한다고 주장했지만, 실제로는 살아남기에 충분한 불확실성이 있어야 했던 것입니다.

기계는 멈춰 섰고 닭들은 다시 전처럼 키워졌습니다. 최고의 효율성을 가진 닭농장이 모두에게 좋다는 것은 꿈에서나 있을

법한 착각이었습니다.

교촌3호는 다른 닭들과 함께 잘난 닭, 아니 잘난 척하던 닭을 찾았습니다. 모두들 그 닭을 혼내주고 싶어 했으니까요. 그러나 그 닭은 약해져서 죽었는지 잡혀 가서 튀김이 되었는지 닭장 안에서 사라진 지 이미 오래였습니다.

그 일이 있은 후부터 달걀이는 생각에 잠겼습니다.

'닭에게 꼭 필요한 불확실성이 있다면 인간인 나에게도 꼭 필요한 불확실성이 있지 않을까? 그런데 지금 나에겐 그게 없다. 그러니 나도 조금씩 서서히 약해져 가고 있는 건 아닐까?'

달걀이는 교촌3호가 철학을 하지 않는 닭이라는 사실은 알고 있었습니다. 하지만 자기 자신도 철학을 하는 사람인지 확실해 보이지 않았습니다. 달걀이는 자신에 대해 불안감을 느꼈습니다.

철학을 하지 않는 닭

　기계들은 없어지고 닭장은 이제 전과 같아졌습니다. 철학을 하지 않는 닭, 교촌3호도 다시 건강해졌습니다. 아침이면 닭장에는 덮개가 걷히고 빛이 들어왔습니다. 교촌3호는 물을 마셨습니다. 그리고 모이를 먹었습니다. 닭장에는 어떤 날에는 조금 더 많이, 어떤 날에는 조금 더 적게 물과 모이가 들어왔습니다. 교촌3호도 다시 물과 모이와 잠을 자는 자세에 대한 자신의 연구로 돌아와 몰입하게 되었습니다.

　그에게는 굳게 믿고 있는 한 가지 신념이 있었습니다. '중요한 일에 집중하면서 살며, 합리적으로 생각하고, 성신하게 실천한다.'는 것이 그것입니다. 그런 그에게 중요한 일은 잠자는 자세와 물과 모이였습니다. 때문에 그것들을 해치려는 세상의 불확실성과 싸우면서 자신의 건강을 지키고, 만족감을 최고로 높이는 일에 집중했습니다.

물론, 지금은 교촌3호도 이 세상이 꼭 잠자는 일과 마시는 물 그리고 먹는 모이로만 이루어져 있지는 않다는 것 정도는 알고 있습니다. 또한 다른 닭들이 있다는 사실도, 닭장 밖의 세상이 있다는 것도, 모이와 물을 줄 때마다 나타나는 인간이란 동물이 있다는 것도 압니다. 다만, 자신의 신념에 따라 무엇보다 가장 중요한 일, 즉 잠자는 일과 물과 모이에만 집중하는 게 옳다고 생각할 뿐이었죠. 그 외의 일들로 시간을 보낸다는 건 현실을 모르는 어리석고 철없는 닭들이나 할 일이었습니다.

교촌3호는 생각했습니다.

'그것들은 현실을 몰라. 가장 중요한 게 뭔지 모르지. 닭은 결국 잠자는 일과 모이와 물로 살아가는 거라고. 그 사실만큼은 절대 변하지 않지.'

그러나 점점 희미해져 가고 있기는 했지만, 교촌3호는 자신이 한때나마 물의 소중함을 잊어버린 적이 있다는 사실을 기억하고 있었습니다. 기계가 매일 같은 시간에, 정확히 같은 양의 물을 규칙적으로 주던 때였죠. 지금 생각해 보면 말도 안 되는 일이지만 그때는 자신이 물을 마신다는 사실조차 까맣게 잊었던 것입니다. 이제 그는 물이 안 들어오거나 적게 들어올 때를 대비해 예전처럼 몸에서 수분이 너무 많이 빠져나가지 않도록 신경을 쓰고 있었습니다.

이처럼 물의 소중함을 다시 느끼게 되고 물에 집중하다 보니 그 외의 사소한 것들, 예를 들면, '이웃 닭이 어떻게 되는지'와 같은 일에는 별 관심을 갖지 않았는데, 그랬어도 아무 생각 없던 옛날과는 달리 교촌3호의 머릿속에는 뭔가 개운치 않은 의혹이 자꾸 생겨났습니다.

교촌3호는 의심하기 시작했습니다.

'혹시 이웃이라는 것도 언제나 거기에 있기 때문에 그 중요성을 잊어버리게 된 것은 아닐까?'

또 중요한 일에 신경을 집중해야 한다는 자신의 신념을 의심하지는 않았지만, 어떤 것이 왜, 이렇게 중요해진 것인지에 대해서도 생각하게 되었습니다.

'내가 물을 가장 중요하게 생각하게 된 건 처음부터 내가
물에 관심이 많았기 때문이 아닐까? 만약 내가 이웃 닭에
더 관심이 많았더라면, 그래서 다른 닭들이 어떻게 사는지
에 대해 더 많은 사실들을 알았더라면, 나는 이웃 닭을 더
소중하게 생각하게 되지는 않았을까? 그렇다면 중요하다
는 것은 처음부터 어떤 믿음의 문제가 아닐까?'

하지만 이렇게까지 생각하는 건 이미 자신의 한계를 넘어서
는 일이었습니다. 머리가 핑핑 도는 것을 느끼는 순간 교촌3호
는 생각을 그만두었습니다.

골치 아픈 생각을 하다 보니 옛날 이웃에 살던 횡설수설하던
닭이 기억났습니다. 그 닭은 너무나 조용히 생각에 잠겨 있다
가도 일단 말을 시작하면 피곤할 정도로 끊임없이 말을 걸어왔
습니다. 그래서 닭장 안의 모든 닭들은 그와 눈을 마주치지 않
으려 애를 썼습니다. 그는 철학을 하는 닭이었습니다.

교촌3호도 다른 닭들과 마찬가지로 그의 말을 이해할 수가
없었습니다. 그의 말이 자신의 관심사인 물이나 모이와 어떤

관계가 있다는 것인지 도대체 알 수가 없었기 때문입니다.

한번은 교촌3호가 물었습니다.

"그러니까 당신의 말대로 하면 모이를 좀 더 많이 먹을 수 있다는 뜻인가요?"

철학을 하는 닭이 대답했습니다.

"그렇기도 하고 그렇지 않기도 합니다. 내가 하는 말은 모이에 대한 것이기도 하지만, 모이와 전혀 상관없는, 오히려 더 중요한 것에 대한 일이기도 합니다."

"그게 뭔가요?"

"그것은 우리는 누구인가, 이 세계는 어떤 곳인가 하는 것입니다."

교촌3호는 여전히 무슨 말인지 이해할 수가 없었습니다. 그는 철학을 하는 닭에게 조금이나마 두었던 관심을 끊어 버렸습니다.

'하, 참! 우리는 누구인가라니…… 우리는 닭이지. 우리는 모이를 먹고 물을 마시는 닭 아닌가!'

너무나도 뻔한 사실을 그렇게 애매하게 말하는 이유를 교촌3호는 도무지 이해할 수가 없었습니다.

그러고 보니 어느새 그 닭도 이미 닭장 안에서 사라지고 없없습니다. 언제 어떻게 어디로 갔는지 알고 있는 닭도 없는 것 같았습니다. 아래 칸이나 위 칸에 살고 있는 닭들은 그런 닭이 있었다는 사실조차 기억하지 못했습니다. 그의 말들은 그다지 닭들의 주목을 끌지 못했던 것입니다.

골치가 아파진 교촌3호는 복잡한 생각은 그만두기로 했습니다. 그에게는 그런 허무맹랑한 생각보다는 합리적인 생각을 하면서 성실하게 하루하루를 살아가는 게 더 중요했습니다.

얼마 지나지 않아 철학을 하지 않는 닭, 교촌3호의 머릿속에서는 자신이 한때 물의 소중함을 잊어버린 적이 있었다든가, 이웃에 철학을 하는 닭이 있었다든가 하는 기억이 사라지고 말았습니다. 그는 다만 자신이 사는 닭장의 한가운데에서 똑바로 몸을 고정시키는 일에 최선을 다할 뿐이었습니다. 점점 더 통통해지면서 불어나는 살집이 그의 그런 성실한 삶을 자랑스럽게 증명해 주고 있었습니다.

달걀이의 결혼식

달걀이는 숙이와 변변한 데이트 한번 해보지 못한 채 결혼식을 올리게 되었습니다. 엄마에게 숙이와 결혼을 하게 되었다는 말을 들은 달걀이는 너무 좋아서 어쩔 줄 몰랐습니다. 하지만 하루 이틀 시간이 지나면서 왠지 모르게 마음이 쓸쓸해졌습니다.

달걀이는 숙이가 나타날 때마다 붉게 물든 얼굴을 숙인 채 안절부절못하곤 했습니다. 그런 아들의 마음을 눈치 챈 달걀이의 엄마가 어느 날 혀를 끌끌 차면서 아들에게 물었습니다.

"쯧쯧, 숙이가 그렇게 좋니? 결혼이라도 하고 싶어?"

결혼이라니! 달걀이는 그냥 데이트만 한 번 해봐도 소원이 없겠다고 생각했습니다. 얼굴이 잘생겨지면 숙이와 이야기라도 한번 해볼 수 있지 않을까 싶어 매일 콩을 먹었습니다. 그런 달걀이에게 엄마의 입에서 나온 결혼이라는 말은 마치 망치로 머리를 한 대 얻어맞은 것마냥 큰 충격을 주었습니다. 자기 주제에 그건 가당치도 않은 일이었습니다. 숙이와의 결혼은 감히 생각조차 해본 적이 없었으니까요.

얼굴이 빨개진 달걀이는 우물거리며 말했습니다.

"나 같은 게 그런 말을 하면 사람들이 화내."

엄마는 어처구니가 없다는 표정을 짓더니 갑자기 웃음을 터뜨렸습니다.

"호호호호호호……."

그러더니 갑자기 웃음을 뚝 그치고 추궁하듯 말했습니다.

"에라, 이 바보야. 그게 누가 화낼 일인지 한번 볼래?"

며칠 후 엄마가 달걀이의 머리에 꿀밤을 먹였습니다. 숙이와 결혼을 하게 되었다면서 말입니다.

'말도 안 돼! 어떻게 이런 일이 일어날 수가 있어?'

황당한 표정으로 멍하게 있는 아들에게 엄마가 말했습니다.

"내 말 잘 들어. 이젠 너도 세상을 똑바로 알아야 해. 솔직히 말해 네가 그리 잘생기지 않았다는 건 엄마도 알아. 네가 그것 때문에 다른 아이들에 비해 기도 못 펼뿐만 아니라 가능한 한 집 밖으로 나가려 하지 않는다는 것도 알고. 그런데 세상을 살아가는 데 얼굴이 잘생기고 못생기고는 중요하지 않아. 너는 항상 '콩을 먹으면 잘생겨질까, 아카시아 기름을 바르면 잘생겨질까' 하는 생각만 하지? 지금까지는 엄마도 그냥 그러려니 하고 가만두었는데 그런 건 별로 중요한 게 아니란 걸 너도 이제는 알아야 해!"

"그럼 뭐가 중요한데?"

궁금해진 달걀이가 물었습니다.
"돈이지!"
"돈?"
"그래, 이 바보야. 우리 동네에서 제일 부자가 바로 네 아버지야. 이 마을 여자들이 남자 얼굴을 보고 결혼을 결정하는 줄 알아? 아니거든! 얼굴이 아니라 돈이야. 돈을 보고 결정한다고! 그러니까 이 마을에서 네가 결혼하자고 했을 때 거절할 여자는 하나도 없어. 너는 네가 이 마을에서 제일 못난이인 줄 알더구나. 그런데 사실 너는 이 마을의 왕자야. 여태까지는 네가 아무 말도 안 해서 엄마가 가만히 있었지만, 바보도 이런 바보가 없으니 이제는 말을 안 할 수가 없구나."

흥분한 엄마가 큰 목소리로 말했습니다.

달걀이는 정신이 없었습니다. 마을에서 가장 못난 사람이라고 생각했던 자기가 실은 이 마을의 왕자님이라는 엄마의 말이 도무지 이해가 되지 않았습니다. 물론, 달걀이도 자기 집이 다른 집보다 부자라는 것 정도는 알고 있었습니다. 다른 친구들은 돈이 없어 때로 걱정을 하는데 자기는 그런 적이 없었으니까요. 그는 뭐든 갖고 싶으면 다 가질 수 있었습니다. 그래서 돈은 마치 공기나 물처럼 그저 늘 있는 것이려니 했습니다. 돈 때문에 원하는 여자와 결혼할 수 있다는 생각은 꿈에도 해본 적이 없었습니다.

"그, 그럼 정말로 내가 숙이랑 결혼하게 된 거야?"

"그렇다니까! 내가 그 집에 가서 우리 아들이 숙이에게 관심이 있다고 했더니 지금이라도 당장 데려가라고 야단이더구나. 그래서 그럴 수는 없고 다음주에 데리고 와서 결혼식을 올리겠다고 했다. 숙이는 이제 네 색시가 된 거야!"

달걀이는 너무 기뻤습니다. 그러면서도 당장 달려가서 그녀를 만날 용기는 없었습니다.

그날 이후 멍하게 지내던 한 주가 훌쩍 지나가고 드디어 숙이를 집으로 데려오는 결혼식 날이 되었습니다.

숙이는 다른 어떤 날보다도 예뻤습니다. 천사 같은 차림으로 자기 옆에 앉아 있는 숙이를 보고 있는 달걀이는 지금 일어나고 있는 일들이 현실 같지가 않았습니다. 그저 얼떨떨할 뿐이었습니다.

주변을 둘러보니 많은 사람들이 찾아와서 차려진 잔치 음식을 먹고 있었습니다. 그들 중에는 달걀이와 숙이를 슬쩍슬쩍 곁눈질로 쳐다보면서 비웃는 듯한 표정을 짓는 이도 있었습니다. 하지만 기분은 많이 나쁘지 않았습니다. 아니 오히려 그를 놀리던 사람들의 불만스러운 얼굴이 기분이 좋았습니다. 달걀이도 자기처럼 보잘것없는 사람과 숙이가 결혼할 거라고는 생각해 본 적이 없었기 때문입니다.

하지만 자신이 왕자같이 귀한 사람이라는 엄마의 말은 아직도 실감나지 않았습니다. 실제로 결혼식은 시작하기 직전이었고, 숙이는 자신의 신부가 되기 위해 다소곳이 옆에 앉아 있었

는데도 말이죠.

'돈이라……'

엄마가 했던 말은 아직도 달걀이에게는 매우 놀라운 이야기였습니다. 며칠 전까지 달걀이는 그게 그렇게 중요한 건지 몰랐습니다. 세상을 사는 데 있어서 가장 중요한 건 잘생긴 얼굴이라고 생각했습니다. 얼굴을 기준으로 보면 자기는 형편없는 사람이었습니다. 많은 사람들이 달걀이 앞에서 자기들이 달걀이보다 조금 잘생겼다는 이유로 잘난 체를 하곤 했습니다. 그런데 알고 보니 자신은 부자였고 마을에서는 왕자님 같은 사람이었습니다. 언감생심 꿈에서도 이루어질 거라고는 감히 생각지 못한 숙이와의 결혼이 하루도 안 돼 가능해질 정도로 말입니다. 잘생기고 못생긴 것은 인생에서 그다지 중요한 일이 아니었습니다.

날아갈 듯 기뻐도 시원찮은 날, 달걀이는 뛸 듯이 기쁘다가도 왠지 마음이 쓸쓸해지고는 했습니다. 만약 자신이 콩을 많이 먹어서 잘생긴 남자가 되고, 그래서 숙이가 자기를 좋아하게 되었다면 이렇게 쓸쓸하진 않았을 거라는 생각도 들었습니다. 적어도 그것은 자기의 노력에 의한 결과이기 때문입니다. 이런 식으로 숙이를 얻게 된 달걀이는 숙이의 마음을 이해할 수가 없었습니다.

그는 음식이 가지런히 놓여 있는 탁자 위로 눈을 돌렸습니다. 그중에는 먹음직하게 튀겨진 닭 한 마리가 있었습니다. 바로 어제까지만 해도 살아 있던 철학을 하지 않는 닭 교촌3호였습니다. 닭튀김이 되어 버린 교촌3호를 한동안 쳐다보던 달걀이는 다시 눈을 돌려 숙이를 쳐다보았습니다. 그녀는 이제 그저 천사처럼만 보였던 예전과는 많이 달라보였습니다.

그렇다고 숙이를 나쁜 여자라고 생각한 건 아니었습니다. 집안의 돈 때문에 자기와 결혼을 한다는 것이 무엇을 의미하는지 확실히 알 수 없었을 뿐입니다. 하지만 알고 보니 사실 마을의 여자들은 다 그렇게 결혼을 한다고 했습니다. 달걀이만 낭만적인 사랑 어쩌고 했을 뿐 결혼할 때가 되면 여자들은 대부분 부모가 정해 준 남자, 그중에서도 특히 돈이 많은 남자를 선택해 결혼하고 아이를 낳고 살았던 거죠. 그런 결혼은 그 마을에서는 아주 당연한 일이었습니다. 달걀이의 엄마도 그렇게 달걀이 아빠와 결혼을 했으니까요.

'나는 내가 잘생겼는가 못생겼는가 하는 질문이 가장 중요한 질문이라고 생각했다. 그런데 알고 보니 세상에서는

돈이 있느냐 없느냐 하는 질문이 훨씬 더 중요한 거라고 엄마가 가르쳐주셨다.'

결혼을 하는 데 있어서 자신의 기준이었던 얼굴과 또 다른 기준인 돈에 대해 생각하던 달걀이는 고개를 돌려 다시 한 번 숙이를 쳐다보았습니다. 꽉 다문 입술이며 예쁘게 처진 눈꼬리가 한눈에 들어왔습니다. 그리고 왠지 자신의 삶이 앞으로 어떻게 펼쳐질지가 눈에 선하게 보였습니다.

'이렇게 결혼을 하고, 아이를 낳고, 남편으로서 부모로서 이런저런 역할을 하면서 늙어가겠지. 또 엄마가 그랬듯 내 아들이 누구와 결혼하는가는 숙이가 결정할 거고⋯⋯. 그런데 그게 끝일까? 엄마가 가르쳐준 돈이란 게 과연 우리 삶의 전부인 걸까? 잘생겼는가 못생겼는가라는 질문보다 돈이 있는가 없는가가 더 중요한 질문이라면, 돈이 있는가 없는가라는 질문보다 더 중요한 또 다른 질문도 있을 수 있지 않을까?'

기름에 튀겨진 채 탁자 위에 놓인 닭 교촌3호가 자꾸 눈에 들어왔습니다. 철학을 하지 않는 닭은 자기의 운명에 대해 전혀 알지 못한 채 그저 죽어서 닭튀김이 되었을 따름입니다. 닭이 닭으로 살아남기 위해서 필요하다는 불확실성에 대한 생각이 다시 달걀이의 머릿속에 떠올랐습니다.

　'내가 너무 좁은 집안에서만 살았기 때문에 저 생각을 하
지 않는 닭처럼 되어 버린 건 아닐까?'

　달걀이는 다시 고개를 돌려 숙이를 쳐다보았습니다. 잠시 후
그는 그녀에게 말했습니다.
　"미안해!"
　그 순간이었습니다. 철학을 하지 않는 사람이었던 달걀이는
이제 철학을 하는 사람이 되었습니다.

2부

닭은 어디에
살아야 하는가

철학을 하지 않는 닭, 교촌 2호

한 마을의 닭장에는 철학을 하지 않는 닭, 교촌2호가 있었습니다. 성격이 유순한데다가 몸이 약한 그는 주변 닭들의 이목을 끄는 일 없이 조용히 살아가는 닭이었습니다.

교촌2호는 모든 일이 서툴고 어리석었습니다. 눈치가 빠르고 사교성이 좋은 닭들은 다른 닭들의 행동을 보고 어떻게 살아야 하는가를 알아서 잘 배웠습니다. 하지만 교촌2호는 그렇지 못했습니다.

모이를 먹는 예절도 그랬습니다. 모이보다 먼저 물을 먹는 그를 보고 옆에 있던 한 닭은 갑자기 소리를 질렀습니다.

"예의를 모르는 닭이로군. 배우지를 못한 닭이야!"

자신은 평생 모이를 먹기 전에 물을 먼저 먹는 닭을 본 적이 없다는 것이었죠.

이런 지적에 당황한 교촌2호는 반대편에 있는 이웃 닭에게 물었습니다.

"물은 원래 모이를 먹고 나서 먹는 건가요?"

그 닭의 대답은 아주 엄숙하면서도 단호했습니다.

"당연하지! 원래 물은 모이를 먹고 나서 먹는 거야."

교촌2호는 이상한 닭이 되기 싫었습니다. 그는 곧바로 모이와 물을 먹는 순서를 바꿨습니다. 그리고 며칠이 지났습니다. 서툴고 어리석었던 교촌2호 머릿속에는 그날 이후부터 해서는 안 될 것 같은 질문 하나가 수그러들지 않고 계속 떠올랐습니다. 결국 참을 수가 없었던 그는 마침내 옆자리의 닭에게 다시 묻고 말았습니다.

"이봐요."

"왜?"

평소 자신만만해하던 이웃 닭이 아주 귀찮다는 듯 다시 짧게 물었습니다.

"미안한데…… 그게…… 그게 왜 그런 거죠?"

"뭐가?"

"왜 물은 꼭 모이를 먹고 나서 먹어야 하나요? 물을 먹고 나서 모이를 먹으면 왜 안 되는 거죠?"

잠시 침묵이 흘렀습니다. 그러더니 자신만만한 이웃 닭은 이렇게 어이없는 질문은 처음 듣는다는 듯 허탈하게 웃으며 말했습니다.

"허허…… 이것 봐. 그런 걸 질문이라고 해? 그건 원래 그런 거야, 원래! 저기 저 닭을 봐. 물보다 모이를 먼저 먹잖아."

확실히 그랬습니다. 그 이웃 닭이 가리킨 다른 닭도 물보다 모이를 먼저 먹고 있었습니다.

"나도 모이를 먼저 먹어. 모든 닭은 모이를 먼저 먹는다고! 그건 원래 그렇게 되어 있는 거야."

"왜요?"

"왜요라니? 목이 막히잖아. 아니, 그전에 순서를 바꿔 먹으면 우스워 보이지 않나?"

'원래 그렇다, 우스워 보인다, 원래…….'

교촌2호는 '원래 그렇다.'라는 말과 '우스워 보인다.'는 말을 입으로 여러 차례 되뇌었습니다. 그리고 지금 그 말이 자기 질문에 대한 답이 되는지를 곰곰이 생각했습니다.

"이봐. 다들 그렇게 먹고 있잖아. 너도 쓸데없는 일에 신경 쓰지 말고 보다 더 중요한 걸 생각하라고. 모이라든가 물 같은 것 자체에 대해서 말이야. 넌 꼭 그렇게 이상한 닭이 되고 싶니?"

"하지만……."

"아, 아, 됐어!"

자신만만하고 거만한 이웃 닭은 날개를 휘저으면서 교촌2호의 입을 막아 버렸습니다. 너무나도 당연한 일을 인정하지 못하고 계속 의문을 제기하는 어리석은 닭과의 대화에는 더 이상 관심이 없다는 몸짓이었습니다.

확실히 그랬습니다. 다들 그렇게 먹는다고 하니 물보다 모이를 먼저 먹는 건 원래 그런 게 틀림없었습니다. 게다가 물보다 모이를 먼저 먹는다고 해서 무슨 큰 일이 생기는 것도 아니었습니다. 교촌2호는 그 대화 이후에도 지난 며칠처럼 그리고 다른 닭들처럼 계속해서 물보다 모이를 먼저 먹었습니다.

이런 식이었습니다. 서툴고 어리석은 교촌2호는 남들은 다 알고 있는 당연한 것들을 모르고 있을 때가 너무나 많았습니다. 그래서 작은 일부터 하나하나 배워야 했습니다.

빨간 문이 달린 닭장과 물통에 관한 일도 마찬가지였습니다. 교촌2호는 빨간 문이 달린 닭장은 원래 훌륭한 닭들만이 들어갈 수 있는 곳이라는 사실을 몰랐습니다. 또한 물통에도 길고 좁은 물통, 둥그런 물통, 정사각형 물통의 세 종류가 있다는 것도 몰랐으며, 오직 소수의 선택받은 닭만이 둥그런 물통을 가지게 된다는 사실도 몰랐습니다.

이처럼 아는 게 거의 없었던 교촌2호는 다른 닭들이 둥그런 물통에 대해 이야기하거나 빨간 문이 달린 닭장에 대해 이야기할 때면 그들의 말을 잘 알아들을 수가 없었습니다. 사실 다른 닭들은 때로는 밤낮을 가리지 않고 계속해서 그 물통이나 빨간 문에 대해 이야기하고는 했습니다. 그것들의 중요성을 이해할 수 없었던 교촌2호는 다른 일들에 대해서도 이야기하고 싶었지만 그들은 아무 관심이 없었습니다. 그들은 그와 달랐습니다. 그들은 자기들이 갖고 싶은 멋진 것들이나 그것들을 가지고 있는 닭들에 대해서만 말했습니다.

한 닭은 그래서 특히 주목을 받았습니다. 그 닭은 빨간 문이 달린 닭장에 살뿐만 아니라 둥근 물통까지도 갖고 있는 부유하고 성공한 닭이었습니다. 그 닭이 뭐라고 한마디라도 하는 순간이면 다른 닭들은 입을 다물고 조용해졌습니다. 그리고 존경의 눈빛을 보내면서 귀를 기울였습니다.

"나라고 해서……."

그날도 그 성공한 닭이 입을 떼자 늘 그랬던 것처럼 다른 닭들은 모두 숨을 죽인 채 그의 말에 귀를 기울였습니다.

"나라고 해서 처음부터 둥근 물통과 빨간 문을 가졌던 것은 아닙니다. 많은 닭들이 저에게 묻습니다. 어떻게 해서 그것들을 가질 수 있었는지……. 저는 자랑하기를 좋아하는 성격이 아닌데다 욕심도 별로 없습니다. 그래서 기회가 있을 때마다 다른 닭들에게 아무런 대가 없이 솔직히 말해 줍니다. 목을 빳빳이 세우는 것, 그것이 중요한 거라고요. 어떤 닭을 보면 불쌍하기 짝이 없게 축 늘어진 목을 다른 닭에게 보여주곤 합니다.

그런 모습은 너무나 비참합니다. 목을 빳빳이 세우는 것은 닭의 긍지이며, 닭에게 있어서 무엇보다 중요한 일입니다. 물론, 잠시도 쉬지 않고 목을 빳빳이 세우는 일은 절대 쉽지 않습니다. 근면하고 성실하지 않고는 불가능하죠. 저는 그렇게 하기 위해 오랫동안 쉬지 않고 노력했습니다. 그래서 결국 그 대가로 이것들을 얻었던 것입니다. 결국 이 모든 것은 저의 피와 땀의 결실인 것이죠."

부유한 닭이 이렇게 말하자 다른 닭들은 그의 성공담을 잊지 않겠다는 듯 모두들 목을 빳빳이 세우면서 "목을 세운다, 목을 세운다."라고 반복해서 외쳤습니다. 또 그것을 계속 실천하려고 노력했습니다. 하지만 교촌2호는 그렇게 노력해서 빨간 문이 달린 닭장으로 옮겨가는 닭은 단 한 마리도 보지 못했습니다.

교촌2호는 사실 둥그런 물통이 왜 그렇게 중요한지, 빨간 문이 달린 닭장에 사는 닭은 무엇이 좋은지 묻고 싶었습니다. 둥그런 물통을 갖고 빨간 문이 달린 닭장에 사는 닭의 성공담에 따르면 그가 그런 존경과 권위를 가지게 된 이유는 항상 목을 빳빳이 세우기 때문이었습니다. 그럼에도 닭이 목을 세우는 일이 왜 그렇게 존경받을 만한 일인지 교촌2호는 도무지 이해가 되지 않았습니다. 그에게는 목을 세우는 일이 성공을 만들어 준 것인지 아니면 그냥 성공한 닭이 우연히 목을 세우는 닭이 었는지도 분명해 보이지 않았습니다.

하지만 그런 것들을 묻는 건 너무나 어리석은 짓이 될 게 뻔했습니다. 자기 말고는 모든 닭이 그 이유를 알고 있는 것 같았으니까요. 또 그런 여러 가지 의문들이 자기를 가끔 괴롭히는 게 사실이긴 했지만, 그는 자신의 평화로운 일상을 망가뜨리고 싶지 않았습니다.

그는 지금처럼 하루하루를 살아가는 것이 좋았습니다. 교촌2호는 닭장 안의 일상이 주는 작은 행복들을 사랑했습니다. 아침이면 다른 닭들과 함께 깨어나는 것이 좋았고, 모이나 물이 통 속으로 떨어지는 소리를 듣는 것이 좋았습니다. 다른 닭들이 하는 이야기 자체는 그다지 재미있지 않았지만, 그들이 티격태격하면서 떠드는 소리나 날갯짓 소리를 들으면서 그들 사이에 끼어 있는 것은 좋았습니다. 때로 바깥에 비바람이 불 때면 이웃 닭들과 함께 닭장 안에 있을 수 있다는 것에 더욱 큰 행복을 느꼈습니다. 놀림을 받거나 뭔가를 배우는 일 때문에 피곤했던 날에도 하루를 끝내고 잠이 들 무렵이면 그렇게 하루하루가 지나가는 게 별로 나쁘지 않았습니다. 교촌2호는 자신이 영원히 이렇게 살 거라고 믿었습니다.

철학을 하지 않는, 수줍음이 많은 닭 교촌2호는 그냥 그런 식으로 조용히 살았습니다. 다른 닭들처럼 모이를 먼저 먹고, 문이나 물통에 대해 이야기하고, 둥근 물통과 빨간 문을 가진 닭에게 공손하게 굴었습니다. 나아가 성공하고 존경받는 닭이 그렇게 하듯 성실하고 근면하게 목을 세우며 살겠다고 다짐했습니다. 그도 존경받는 닭이 되고 싶었고, 또 언젠가는 될 수 있으리라 꿈꿨습니다. 하루하루가 그렇게 흘러갔습니다.

존경할 만한
닭이 된다는 것

그러던 어느 날 큰 일이 생겼습니다. 교촌2호가 사는 지역에 조류독감이라는 유행병이 번지고 있다는 뉴스가 나온 것입니다. 사실 그 일이 일어나기 얼마 전에는 한 유명 연예인이 닭튀김을 먹는 장면이 TV에 나오면서 닭의 인기가 아주 좋아졌습니다. 그래서 농장 주인은 많은 돈을 빌려 닭장을 새로 크게 지었습니다. 하지만 조류독감에 대한 뉴스가 나오자 사람들은 그 병이 사람에게도 옮는다면서 두려워했고 주인은 아주 곤란해졌습니다. 닭튀김을 먹던 유행이 거짓말처럼 사그러져 버렸기 때문입니다.

그 일로 닭농장 주인들은 큰 손해를 보았습니다. 교촌2호의 농장 주인도 마찬가지였습니다. 예기치 못한 사태에 빌린 돈을 갚기 어려워진 주인은 닭들을 헐값에 처분하고 농장의 문을 닫았습니다.

닭들은 캄캄한 한밤중에 큰 트럭에 실려 다른 지역의 농장이나 식당으로 몰래 옮겨졌습니다. 유행병이 문제라면 이 지역 닭들은 모두 도살되어야 했지만 실상은 그렇지 않았습니다. 손해를 조금이라도 줄이려는 농장 주인과 싸게 사려는 업자들의 이해가 맞아떨어져 빼돌려진 닭들이 암암리에 팔려 나갔던 것이죠. 사람들은 자기가 먹는 닭이 마지막에 어디서 도살되었는지에만 신경 썼습니다. 그 닭이 어디서 자랐는지 알 수도 없었지만 큰 관심도 없었습니다.

튀김용 닭으로 쓰기에는 아직 어렸던 교촌2호는 그 지역에서 멀리 떨어진 농장으로 가게 되었습니다. 덜덜거리는 트럭에 실려 갔던 그 여행은 어린 교촌2호에게는 감당하기 어려운 큰 시련이었습니다. 모이도 물도 주어지지 않았습니다. 햇볕도 쬐일 수 없었습니다. 낡은 트럭의 진동 때문에 닭들은 온 세상이 흔들거린다고 느꼈습니다. 닭들은 우울했고 교촌2호도 낯선 닭들 사이에서 두려움에 떨었습니다. 세상이 다시 빨리 안정되기를, 한시라도 빨리 흔들리지 않는 닭장 안으로 들어갈 수 있게 되기를 그는 간절히 바랐습니다. 어떤 닭장이라도 그것이 흔들리지 않는 땅 위에 서 있는 것이기만 하다면 재빨리 그곳으로 뛰어들어가고 싶었습니다.

길고 힘들고 우울했던 여행은 마침내 끝이 났습니다. 교촌2호는 몇 마리의 다른 닭들과 함께 새로운 닭장 속으로 들어가게 되었습니다. 그곳은 모든 게 낯설었지만 최소한 덜덜거리지는 않았고, 물과 모이도 먹을 수 있었으며, 바람이나 비도 들이치지 않았습니다. 교촌2호는 어리석고 서툴기만 한 자신이 모든 것이 바뀐 새로운 환경 속에서 앞으로 어떻게 살아갈지 걱정이었습니다. 하지만 우선은 힘들고 배고프고 불안했던 시간이 끝났다는 사실에 감사할 따름이었습니다.

교촌2호가 새로운 닭장에 도착한 지 일주일째 되는 날 아침이었습니다.

"예의를 모르는 닭이로군. 배우지를 못한 닭이야!"

그의 옆에서 모이를 먹고 있던 닭이 외쳤습니다. 물을 먼저 먹지 않고 모이부터 먹는 자신을 보고 하는 소리였습니다.

"흥, 다 커서 들어온 근본 모를 놈들은 저렇게 꼴불견이라니까. 물도 안 먹고 모이부터 먹는 닭이 어디 있어. 아무튼 예의 범절이라고는 조금도 없다니까!"

실은 교촌2호도 그것을 느끼기는 했습니다. 새로운 닭장에 도착해 보니 그곳에는 모이보다 물을 먼저 먹는 닭이 많았던 겁니다. 그렇게 하지 않는 닭들은 오직 그와 같이 있던 닭장에서 새롭게 옮겨져 온 닭들뿐이었습니다. 그리고 불과 며칠 지나지 않아 그 닭들마저도 모두 물부터 먹은 다음에 모이를 먹었습니다. 오직 서툴고 눈치 없는 교촌2호만 전과 똑같이 계속 모이부터 먹고 있었습니다.

교촌2호는 조심스레 옆의 닭에게 물었습니다.

"저…… 왜 물부터 먹어야 하죠? 제가 있던 곳에서는 모이부터 먹었거든요?"

어처구니가 없다는 듯 황당한 표정으로 쳐다보던 옆의 닭이 말했습니다.

"그걸 질문이라고 해? 그게 예의니까 그렇지. 물도 안 먹고 모이부터 먹는 닭이 어디 있어. 이런, 무식하기는……."

"물부터 먹는 게 예의란 말인가요? ……그건 왜 그런 거죠?"
교촌2호의 목소리는 점점 더 작아졌습니다.

"그건 원래 그런 거야. 물부터 먹는 게 깨끗하고 멋져 보
이잖아. 모이부터 먹는 건 원래 예의가 아니라고!"

교촌2호는 서둘러 옛날의 닭장에서 옆에 있던 닭을 찾았습
니다. 다행히 그 자신만만하던 닭도 이곳으로 와 있었습니다.
그러나 교촌2호의 질문에 대해서 다시 만난 그 닭의 답은 아주
뜻밖이었습니다. 그 닭은 그런 질문을 하는 교촌2호가 매우 부
끄럽다는 듯 다른 닭들이 눈치를 채지 못하도록 최대한 입을
작게 벌리고 말했습니다.

"이봐, 그 입 좀 닫으라고! 촌놈 같은 소리 좀 제발 하지 말라
니까!"

"하지만 전에는 물부터 먹으면 우스꽝스럽게 보인다고 했잖
아요?"

"내가 언제 그랬어. 난 안 그랬어. 거기 있던 다른 닭늘이 그

랬지. 그리고 자네도 알겠지만 거긴 사실 시골 촌놈들이나 있는 곳이었잖아. 촌놈들이 뭘 알겠어. 그러니까 입 좀 닥치고 모이나 그냥 예의 바르게 먹으라고!"

전에는 그렇게 단호하게 모이부터 먹고 물을 먹어야 한다고 말했던 그 닭은 이제는 반대로 말하면서 오히려 화를 냈습니다.

교촌2호는 다시 먹는 순서를 바꿨습니다. 그는 새로운 예의에 따라 물을 먼저 먹고 먹이를 먹었습니다. 그는 더 이상 왜 그렇게 해야 하냐고 물으며 다른 닭들을 귀찮게 하지는 않았습니다. 하지만 모이와 물에 대한 이 경험은 교촌2호에게 큰 충격을 주었습니다.

만약 그가 예의나 상식을 무시하는 불량한 닭이었다면, 그래서 남들이 뭐라 하든 적당히 살아가는 닭이었다면, 그처럼 큰 충격을 받지는 않았을 것이었습니다. 하지만 그는 내성적이고 온순한 닭이었습니다. 그는 존경받을 만한 좋은 닭이 되고 싶어 하는 닭이었습니다. 자신이 알기로는 그렇게 되려면 부족한 상식을 배워야 했습니다. 그래서 그는 주변의 현명한 닭들에게서 열심히 세상의 이치를 배우고 그렇게 배운 것을 근면하고 성실하게 실천했습니다. 그는 그런 노력 속에서 언젠가는 남들처럼 존경받을 수 있는 훌륭한 닭으로 거듭나겠다는 꿈을 간직하고 있었습니다.

그런데 새로운 닭장으로 온 이후 교촌2호는 그만 길을 잃어 버리고 말았습니다. 저쪽 닭장에서는 상식이었고 원래 그랬던 것이 이쪽 닭장에서는 상식이 아니며 원래 그런 것도 아니었기 때문입니다. 이곳에서는 오히려 그 반대가 상식이었고 원래 그런 것이었습니다.

예전 닭장에서 옆에 살던 자신만만하고 존경스럽던 닭은 도무지 기억력이 안 좋아 보였습니다. 그는 전에 했던 말을 거꾸로 기억하면서 이곳에서 하는 대로가 당연하다고 말하거나, 전의 닭장에서 보았던 그 존경스러운 닭들이 실은 아무것도 모르는 촌놈들이라고 말하고 있었습니다. 그에게 세상일을 가르쳐주던 그 성공한 닭들을 말입니다. 그는 뭐든지 자기가 기억하고 싶은 대로만 기억하는 것 같았습니다.

교촌2호가 충격을 받은 이유는 먹이를 먹는 순서 때문도 아니었고 올바른 예절 때문도 아니었습니다. 중요한 것은 존경받을 만한 닭이 되는 것이었습니다. 교촌2호는 존경받을 만한 닭이 되고 싶었습니다. 하지만 그것이 이곳과 저곳에서 서로 다르다면 그가 꿈을 이루는 것은 불가능해 보였습니다.

스스로를 어리석다고 생각했던 교촌2호는 세상을 사는 규칙을 배우고 싶었습니다. 그런데 상식이 이곳과 저곳이 다르고 자신만만한 이웃 닭들이 말해 주는 것들이 일관성이 없다는 사실을 알게 되자 교촌2호는 매우 혼란스러웠습니다. 그는 이제 세상을 사는 규칙을 어떻게 배워야 하는지 알 수가 없었습니다. 도대체 앞으로 어떻게 살아야 할지 도무지 자신이 없었습니다.

너무 큰 충격을 받은 교촌2호는 멍한 얼굴로 물과 모이를 먹지 않고 쳐다보기만 했습니다. 다른 닭들이 자기들의 모이와 물을 싹싹 다 긁어 먹을 때까지도 그는 그저 가만히 있었습니다. 그러자 다른 닭 한 마리가 큰 소리로 외쳤습니다.

"병든 닭이다!"

그곳에서는 모이와 물을 먹지 않는 닭을 '병든 닭'이라고 부르며 '재수 없는 닭' 취급을 했습니다.

교촌2호는 다시 물과 모이를 먹었습니다. 하지만 그 이후로 그의 가슴속에 들어 있는 의혹은 안 그래도 느린 그의 행동을 더욱 더 느리게 만들었습니다. '이건 왜 그런 걸까. 다른 닭들은 이걸 어떻게 할까?'를 생각하면서 주변의 눈치를 더 많이 보기 시작했기 때문입니다. 과거에 겨우 배웠던 몇 가지 삶의 지혜들도 모두 믿을 수가 없었습니다. 다른 닭들의 눈에는, 그리고 스스로 생각하기에도 교촌2호는 아주 멍청하고 반응이 느린 닭이었습니다. 대부분의 닭들이 그를 외면하기 시작했습니다.

닭장이란 무엇인가

　자신만만한 닭들은 느리고 어리석은 교촌2호를 무시하고 조롱했습니다. 교촌2호는 날이 갈수록 더 괴로웠고, 모이를 먹고 물을 마시기가 힘들었습니다. '도대체 문제가 뭘까?' 하는 생각으로 날마다 점점 더 많은 시간을 보내면서 그는 조금씩 야위어갔습니다. 닭들은 교촌2호가 죽을병에 걸렸다는 이야기를 완전히 믿게 되었습니다. 적어도 그가 멍청하고 느리다는 사실을 의심하는 닭은 한 마리도 없었습니다.

　닭장의 다른 닭들은 어떻게 살아야 하는가에 대해 잘 알고 있었습니다. 그리고 그렇게 자신만만함이 넘치는 닭일수록 다른 닭들에게 존경을 받았습니다. 대부분의 닭들은 추호의 의심도 없이, 과거에 교촌2호가 그랬던 것처럼, 자신만만하고 권위가 있어 보이는 닭들을 우러러보면서 그들이 뭔가를 옳다고 말하면 그대로 받아들이곤 했습니다.

교촌2호가 다른 닭과 이야기하는 일은 점점 더 줄어들었습니다. 그는 항상 생각에 빠져서 지냈습니다.

'이러저러하게 하는 게 원래 그런 거라면 그 원래 그런 것은 누가 정하는 것일까?'

한편, 닭장 안의 모든 닭들은 한 가지 일을 두려워했습니다. 그건 바로 죽는 일이었습니다. 이 닭장 속의 닭들은 인간에게 잡혀가는 순간 자기들이 죽게 된다는 것을 알고 있었습니다. 어쩌면 닭들을 위협하기 위해 인간들이 가르쳐주었는지도 모릅니다. 모두가 그것 때문에 인간을 두려워하고 인간에게 고분고분해졌기 때문입니다.

자신만만하고 권위가 있으며 존경받는 닭이나, 초라하고 마른 병든 닭이나 모두 죽음을 두려워하기는 마찬가지였습니다. 그들은 죽는 게 너무나도 두려운 나머지 이번에는 누가 선택될

지, 다음 차례에는 누가 죽을지에 대해 이야기하는 일을 금기시했습니다. 다만, 작고 낮으며 빠른 목소리로 수군거리면서 이번에 죽는 것이 자기들이 아니기를 바랄 뿐이었습니다.

선택의 날이 되면 닭들은 공포에 떨었습니다. 닭들이 잡혀가는 선택의 혼돈이 한바탕 닭장을 휩쓸고 지나간 다음 날에야 남은 닭들은 정확한 이유도 모르면서 '어떤 닭이 없어졌는지, 그 이유는 무엇인지, 다음 차례는 어느 닭이 될지'에 대해 한두 마디씩을 하곤 했습니다. 닭들은 종종 "저 닭은 어쩐지 이번엔 재수가 없을 것 같았어."라고 말하곤 했습니다.

하지만 그뿐이었습니다. 그들은 곧 애써 다른 이야기를 하면서 머릿속에서 죽음에 대한 두려움을 지웠습니다. 그들은 마치 아무도 죽은 적이 없을 뿐만 아니라 앞으로도 죽지 않을 것처럼 곧 물통의 모양이며 닭장의 문 색깔에 대해서 열심히 떠들고는 했습니다.

그러던 어느 날, 그날도 상식에 대해 고민하던 교촌2호에게 문득 한 가지 의문이 떠올랐습니다.

'닭장이라는 곳은 도대체 왜 있는 것일까? 인간들은 왜 우리를 이곳에 넣어놓고 모이와 물을 주고 쉽게 만들어주

는 걸까?'

교촌2호는 자신이 전에 지냈던 다른 닭장을 기억했습니다. 세상에는 이 닭장만 있는 것은 아니었습니다. 세상에는 또 닭장의 안쪽도 있었지만 닭장의 바깥쪽도 있었습니다.

'그렇다면 누군가가 이 닭장을 만들었을 텐데, 그는 왜 이 닭장을 만들었을까?'

교촌2호는 처음으로 닭장과 닭장 밖의 세상에 대해 진지하게 고민하기 시작했습니다. 그동안 자신이 당연한 듯 살아왔던 닭장과 그 바깥의 세계는 어떻게 연결된 것인지에 대해 질문하게 되었습니다.

어느 순간 교촌2호는 갑자기 심장이 멈추는 듯한 기분을 느꼈습니다. '닭장'과 '닭장에서의 상식'에 대해 무시무시하고도 소름 끼치는 생각을 하게 되었기 때문입니다.

'닭장은 우리 같은 닭을 잡아먹기 위해 존재하는 곳이다. 그렇다면 닭장은 처음부터 우리를 먹기 좋은 닭으로 키우기 위해 만들어지지 않았을까? 그리고 이 닭장 안에서 자연스럽고 원래 그런 것처럼 보이는 것, 즉 상식이란 것은 우리 같은 닭들이 최대한 빨리 잡아먹히기 좋은 상태가 되도록 만들어져 있는 게 아닐까?'

교촌2호의 생각에 가장 상식적인 닭이란 남이 만들어낸 세계에 살면서도 그곳에 대해 아무런 의심도 하지 않는 닭이었습니다. 닭장은 기본적으로 그 안에 살고 있는 닭들의 욕망과 의지에 의해 만들어진 것이 아니라, 그 닭장을 만든 누군가의 욕망과 의지, 즉 닭고기를 먹고 싶어 하는 인간들의 욕망과 의지에 의해 만들어진 것이었는데도 말입니다.

그렇다면 인간들은 최대한 자기들이 먹기 좋은 상태로 닭을 만들려 했을 것이고, 닭장은 그런 목적에 맞게 꾸며졌을 것이 틀림없습니다. 물통이 더 커짐으로써 닭들이 더 빨리 자란다면 그들은 기꺼이 더 큰 물통을 달았을 것입니다. 모이를 먹지 않아서 마르는 닭이 있다면 인간들은 그런 일이 없도록 닭장을 꾸밀 것입니다. 다시 말해, 닭장 안에서 말하는 보통의 닭이란 인간들에게 먹히기 위해 사는 닭이므로, 이 닭장이라는 세계 안에서의 자연스러운 행동, 상식적인 행동이란 결국 인간에게 가장 잡아먹히기 좋은 행동이었던 것이죠.

교촌2호는 생각했습니다.

'우리가 살고 있는 세계에 대한 생각 없이 그저 상식대로
만 산다면 우리는 우리 자신의 욕망과 의지에 따라 사는 게
아니라 다른 누군가의 욕망과 의지에 따라 살게 된다.'

존경받을 만한 닭이 되는 방법을 이해할 수 없었던 교촌2호
는 이제 죽음 말고도 또 다른 것에 대해 큰 공포를 느끼게 되었
습니다. 닭장과 닭장 밖의 세계에 대해 생각하게 되었기 때문
입니다. 갑자기 세상이 확 커진 느낌이었습니다. 그의 생각들
이 열어젖힌 삶의 거대한 불확실성은 그를 두렵게 했습니다.

이런 것들을 처음으로 깨닫게 된 날 교촌2호는 물도 모이도
먹을 수가 없었습니다. 그때만큼은 다른 닭들이 병든 닭이라고
외치는 소리도 귀에 들어오지 않았습니다.

교촌2호의 고민

　시간이 지나자 교촌2호는 다시 전처럼 물과 모이를 먹었습니다. 특별히 식욕이 생겨서라기보다는 그래야 한다는 걸 깨달았기 때문입니다. 사실 그는 다른 닭들 모르게 모이를 절반 정도만 먹고 나머지는 바깥으로 밀어내 버리고 있었습니다. 모이를 계속 남기면 주위의 닭들이 '병든 닭'이라고 소리칠 테니까요. 인간들도 그렇게 생각할지 몰랐습니다.

　이제 교촌2호는 누가 먼저 잡혀가서 죽는지에 대해 어느 정도 알게 되었습니다. 그것은 바로 통통하게 살찐 닭들과 먹이를 먹지 않는 병든 닭들이었습니다. 닭장이라는 세계이 목적은 살찐 닭을 만들어내는 것이므로 닭이 살찌게 되면 그 닭은 잡아먹히고 맙니다. 거만하게 몸매를 뽐내고 윤기 나는 깃털을 자랑하던 닭들, 스스로를 우수한 닭이라고 부르던 닭들은 실상은 자기들이 인간에게 가장 잡아먹히기 좋은 상태라는 것을 알지 못하고 있었던 것입니다. 그들은 어떤 의미로 똑똑했습니다. 그들은 닭장이라는 좁은 세상 안쪽의 일이라면 재빨리 눈치 채고 대처하는 능력을 가지고 있었습니다. 그러나 스스로가 닭장이라는 세계 속에서 키워지는 존재라는 중요한 사실을 알아차리지는 못했습니다. 닭장 바깥의 세계에 대해서는 아무런 관심도 없었기 때문입니다.

그들 이외에 죽임을 당하는 다른 닭들은 뭔가의 이유로 닭들이 사는 이 세계, 즉 닭장의 목적에 반대되는 행동을 하는 닭들이었습니다. 예를 들면, 닭장에서 모이를 먹지 않아 살이 찔 가능성이 없는 닭들이 그랬습니다. 그들은 인간이 보기에 닭장에서 살 필요가 없는 존재였습니다. 그러므로 죽임을 당했습니다.

그 결과 닭장 안에 살아남는 닭은 살찐 닭도, 병약한 닭도, 반항하는 닭도 아니었습니다. 물론, 약간의 시간차만 있을 뿐 그들도 같은 운명을 가지고 있었습니다. 닭장에서 태어나고 자라는 닭들은 결국은 모두 인간에게 죽을 운명이라는 사실만큼은 분명했습니다.

닭장의 존재 이유를 처음으로 이해하게 되었을 때 교촌2호
는 너무나도 당황했고 두려웠습니다. 하지만 그런 두려움이 조
금 가라앉고 나자 교촌2호의 머릿속에는 다른 생각들이 떠올
랐습니다.

한번은 땅바닥에 기어 다니는 벌레가 눈에 띄었습니다.

'그래, 우리 닭들은 본래 저런 벌레를 먹기도 하는
데…… 그럼 닭들도 인간들과 별반 다르지 않은 건가?'

한때는 그도 닭을 먹는 인간을 사악한 존재라고 생각했습니
다. 하지만 막상 벌레를 먹는 닭들을 생각해 보니 뭔가를 먹는
다는 이유로 누구를 사악하다고 판단해서는 안 된다는 생각이
들었습니다. 인간과 닭의 관계가 닭과 벌레의 관계와 다를 게
없었으니까요. 다만, 차이가 있다면 닭장 속의 닭은 원했든 원
치 않았든 인간과 일종의 강력한 약속관계에 있다는 사실뿐이
었죠.

교촌2호는 이곳으로 옮겨올 때의 고통스러웠던 여행을 떠올

려 보았습니다. 닭장 밖은 무서운 곳이었습니다. 닭장 안처럼 평온하지 않았습니다. 인간은 닭에게 먹을 것을 주고, 비와 바람과 다른 위험을 피할 닭장을 줍니다. 그리고 닭은 인간의 먹이가 됩니다. 이것이 인간과 닭장 속의 닭이 맺은 무언의 약속입니다. 인간과 닭은 함께 하나의 공동체를 이루고 있는 셈입니다. 이 때문에 인간들은 닭장에서의 일이 공평하다고 생각할 것이 틀림없었습니다. 규칙은 규칙이고 약속은 약속이니까요.

문제는 교촌2호가 아는 한 자신을 제외한 대부분의 닭들은 그 약속의 결과와 의미를 모른다는 사실이었습니다. 그들 중에는 날마다 먹이와 물을 가져다주고 닭장이 구멍 나면 수선도 해주는 인간들을 그저 멍청하거나 고마운 하인 같은 존재쯤으로 알고 있는 닭들도 있었습니다. 그들은 인간들을 위해 자기 살을 찌우면서, 먹이를 날라다주기 위해 인간들이 일하는 모습을 보고 때로 그들을 불쌍하게 생각하기까지 했습니다.

하지만 닭장이 왜 이렇게 생겼는지, 왜 잠자는 시간은 이렇게 정해져 있고, 왜 이런 먹이를 먹어야 하며, 왜 닭들은 닭장 안에만 있어야 하는지를 알고 있는 닭은 없었습니다. 게다가 닭장이 닭장 바깥의 세계와 어떻게 연결되는가 하는 점에 대해서는 더더욱 몰랐습니다. 그러므로 닭장이라는 세계기 하나의 약속이나 계약으로 만들어진 세계라면 닭들은 아무것도 모르는 상태에서 계약을 하고 그 세계 안에서 살아가고 있는 셈이었습니다. 그렇다면 이것은 공평한 계약이라고는 할 수 없습니다.

교촌2호는 고개를 들고 닭장 바깥을 쳐다보았습니다. 그는 생각했습니다.

'내가 닭장 바깥에서도 살아남을 수가 있을까?'

닭장 안에 있는 그로서는 알 수 없는 노릇입니다. 사실 그는 어떻게 해야 자신이 이 닭장에서 벗어날 수 있을지조차 몰랐습니다. 혹 닭장에서 벗어난다고 해도 바깥으로 나가는 순간 닭장 안에 있을 때보다 더 빠르고 훨씬 더 고통스럽게 죽을 수도 있습니다.

교촌2호는 생각했습니다.

'어쩌면 이 많은 닭들 중에 몇 마리는 나처럼 닭장의 목적에 대해 깨닫고 있을지도 몰라. 확실하게는 아니더라도 어렴풋이 내가 알게 된 것을 알고 있는 닭들이 분명히 있을 거야.'

자신은 똑똑하고 특별한 닭이 아니었습니다. 아니, 자신은 어리석고 눈치 없는 닭이었습니다. 자기보다 똑똑한 닭은 많을 것이 분명했습니다. 만약 그렇다면 그들도 지금 자신이 느끼는 것을 똑같이 느끼며 닭장 안과 밖의 삶에 대해 생각하고 있을 수도 있었습니다.

'닭장 안의 세계는 궁극적으로 나의 죽음을 요구한다. 그렇다면 저 밖의 세계는 어떨까? 저 밖이라 해서 반드시 나의 행복을 보장해 주지는 않을 것이다. 나는 지금 닭장 안에서 살찐 닭이 되려고도, 우수한 닭이 되려고도 하지 않는다. 반대로 병약하거나 반항을 하면서 주인에게 죽임을 당할 짓도 하지 않는다. 그러면서 조금 더 오래 살고 그러다가 죽는 것, 그것이 결국 산다는 것 아닐까?'

교촌2호는 전보다 더 자주 그리고 오랫동안 닭장 밖을 쳐다보면서 살기 시작했습니다. 닭장 밖을 생각한다는 것은 닭장 안의 상식으로 볼 때 존경받기 위한 모든 행동을 포기하는 일이었습니다. 닭장 안의 닭들이 생각하는 상식을 지키는 일이란 닭장의 목적에 충실한 것들이기 때문입니다. 닭들이 그토록 부러워하고 자랑스러워하는 특별한 색깔의 문이 달린 닭장 역시 그냥 닭장의 일부일 뿐이었습니다. 결국 그것들은 닭을 가두고 살을 찌우는 도구들에 지나지 않았습니다.

교촌2호는 이제 자유롭지 않다는 것이 뭔지를 알게 되었습니다. 닭장의 바깥을 느끼게 되었기 때문입니다. 한때는 이 닭장 안으로 빨리 들어오고 싶기도 했고, 또 이곳에 있는 게 자유롭지 않다는 생각도 해본 적이 없었지만 지금은 달랐습니다. 그는 자신이 자유롭지 않다는 것을 알았습니다. 자유를 이야기하는 것은 오직 자신이 무엇 때문에 자유롭지 않은지를 알 때만이 가능합니다. 교촌2호는 자신이 속한 세계가 어떻게 만들어져 있는지를 오랫동안 생각하면서 자기가 얼마나 자유롭지 못한지를 깨닫게 되었습니다.

물론, 그렇다고 당장 닭장 밖으로 나갈 수 있는 방법을 아는 것도 아니었습니다. 게다가 삶에 대한 체념과 닭장에 대한 애착이 스스로의 발목을 강하게 붙잡고도 있었습니다. 사실 그는 부족한 부분은 있었지만 닭장 안의 작은 것들에 대해 애정과 행복을 느꼈던 과거가 그리 나쁘지만은 않다고 생각했습니다. 지금 돌아보면 다 어리석은 말들이었지만 한때 그는 그런 것들을 배우면서, 이웃들과 대화하면서 행복과 성취감을 느꼈습니다. 요즘도 아무것도 모르면서 소리를 질러대는 이웃 닭들을 보면 화가 나기도 했지만 때때로 교촌2호는 무지한 그들에게 강한 애정을 느꼈습니다. 그들은 비록 교촌2호를 이해하지 못했고 그런 현실은 그를 외롭게 하고 상처를 주었지만, 그래도 그들과 살아가는 것이 나쁘기만 한 것은 아니었습니다.

　그냥 이렇게 살아도 되지 않을까 하는 생각과 이렇게 살 수는 없다는 생각이 날마다 교촌2호의 머릿속에서 싸움을 벌였습니다. 교촌2호는 계속해서 닭장 밖을 쳐다보면서 살았습니다. 늘 바깥을 쳐다보는 교촌2호를 다른 닭들은 이상하다고 비웃었습니다.

닭장 밖으로

교촌2호에게는 닭장 문을 발로 툭툭 밀어대는 버릇이 생겼습니다. 딱히 문을 열기 위한 행동은 아니었습니다. 다만, 그러면서 닭장 밖을 쳐다보며 생각에 잠기곤 할 뿐이었습니다. 그러던 어느 날 조그맣고 귀여운 병아리 한 마리가 눈에 들어왔습니다.

닭들이 모두 닭장 안에서 사는 것은 마찬가지지만, 즉 모두가 그리 넓지 않은 닭장이라는 세계 속에서 살고 있었지만 작은 병아리의 세계는 특히나 더 좁았습니다. 어린 병아리에게는 아직 친구도, 아는 닭도 없는데다가 기억하고 있는 것조차 별로 없었기 때문입니다.

"안녕, 병아리야."

교촌2호가 먼저 인사를 했습니다.

"안녕하세요."

바닥에서 뭔가를 바쁘게 주워 먹으면서도 그의 인사를 받아 주는 조그맣고 귀여운 병아리를 보자 교촌2호는 무슨 일이든지 서툴고 어리석었던 자신의 어린 시절이 생각났습니다.

'저 어린 병아리도 존경받는 닭이 되고 싶을까? 저 아이는 이 닭장 안에서 앞으로 어떻게 변할까? 저기 확신에 가득 찬 저 뚱뚱한 닭처럼 될까, 아니면 나 같은 고민 많은 닭이 될까?'

그는 넋을 놓은 채 아주 오랫동안 병아리를 바라보았습니다. 그러다 문득 병아리에 대한 자기의 마음이 자기가 알고 있는 것에 따라 크게 달라진다는 걸 깨달았습니다.

만약 교촌2호가 다른 평범한 닭과 같았다면 병아리를 단순히 귀찮은 존재로만 여기거나 건강한 병아리니까 앞으로 크고 멋진 닭으로 자랄 거라고 생각하고 말았을지 모릅니다. 하지만 다행인지 불행인지 그는 닭장은 자기들이 사는 곳인 동시에 죽는 곳이라는 사실을 알고 있었습니다. 때문에 병아리의 미래가 안쓰러웠습니다. 저렇게 귀엽고 밝은 병아리가 아무것도 모른 채 나중에는 인간에게 먹히는 고기가 될 거라는 생각을 하자 교촌2호는 너무나 가슴이 아팠습니다.

그는 병아리를 바라보는 일이 자기 자신의 마음을 크게 바꾸고 있다는 것을 느꼈습니다. 병아리에 대한 그의 감정은 최근에 자신이 고민해 오던 문제를 바라보는 방식도 크게 바꿨습니다. 그는 지금까지 '이 닭장을 벗어나 닭장 밖의 세상으로 나갈 것인가, 아니면 그냥 주어진 대로의 삶을 살 것인가?' 하는 문제로 고민해 왔습니다. 이제까지는 그것은 오로지 자신만의 문제였습니다. 나만의 삶이었고, 나만의 선택이었으며, 나만의 욕망이자 행복이었습니다. 그것이 오직 나만의 문제였을 때 그는 어느 쪽도 선택하지 못한 채 그냥 지금 주어진 대로 살면서 고민만을 계속했습니다. 결국 그는 고민은 계속하되 그저 현실에 안주하면서 살다가 죽게 될 것 같았습니다. 일어나서 벽을 뛰어넘어야 할 이유가 충분해 보이지 않았기 때문입니다.

그러나 이제는 아니었습니다. 병아리의 미래를 생각하는 순간 그는 닭장 안에서의 삶과 밖에서의 삶이 나만의 문제가 아니라는 것을 깨달았습니다. 그것은 다른 닭들의 문제이기도 하다는 것, 특히 자기가 귀엽다고 생각하는 저 병아리의 문제이기도 하다는 점을 알게 되었습니다. 이 세상에는 수많은 병아리들이 살고 있으며, 그들은 자라나서 닭장 속의 닭들로 죽어갈 터였습니다. 만약 자기마저도 아무런 변화를 시도하지 않고 그런 닭 중의 하나로 산다면 현실은 변할 가능성이 없었습니다.

하지만 만약 자신이 닭장 밖으로 나가서 닭장 밖 세상을 조금이라도 알게 된다면 그리고 거기서도 살아남을 수 있다면, 그것은 저 병아리에게도, 이 세상에도 뭔가를 의미하게 될 것 같았습니다. 심지어 비록 자신이 실패를 한다고 해도 말이죠.

어차피 닭장 안의 삶이란 별로 대단할 것도 없었습니다. 그걸 포기하는 건 크게 아쉬운 일도 아니었습니다. 다만, 그전에 교촌2호는 고난을 무릅쓰고 바깥세상을 탐구할 만한 절실한 이유를 느끼지 못했을 뿐입니다.

한참 동안 병아리를 쳐다보던 교촌2호는 작별인사를 건넸습니다.

"병아리야, 항상 무엇을 어떻게 하는 게 잘하는 일인지 생각하고 선택하렴. 선택은 아주 중요한 거니까. 안녕!"

그 후부터 교촌2호는 말도 하지 않고 움직이지도 않았습니다. 마치 누가 건드리기 전까지는 그대로 서 있는 나무로 만든 닭 같았습니다. 물도 모이도 먹지 않았습니다. 다음날에도 그 다음 날에도 그랬습니다.

그렇게 시간이 지나면서 점점 **빼빼** 말라가던 교촌2호가 어느 날 힘없이 옆으로 푹 쓰러지자 주변 닭들이 병든 닭이라며 날갯짓을 해댔습니다.

시끄러운 닭울음소리에 집에서 나와 닭장 안을 살피던 주인은 바싹 말라 **뼈**만 남은 닭 한 마리가 쓰러져 있는 것을 발견하고 투덜댔습니다.

"아, 이게 뭐야. 이런, 혹시 병에 걸린 거 아냐? 재수가 없네. 닭들이 이렇게 자꾸 죽으면 안 되는데……."

중얼거리며 닭장 안으로 들어간 주인은 교촌2호의 두 다리를 한 손으로 휙 낚아채 밖으로 들고 나오더니, 닭장 뒤쪽에 있는 큰 쓰레기통 속으로 던져 버리고는 뚜껑을 대충 덮고 다시 집 안으로 들어갔습니다.

닭장 인의 닭들 대부분은 마침내 재수 없는 닭 하나기 죽어

버렸다며 속이 시원하다는 표정을 지었습니다.

그날 밤이 지나고 아침이 왔습니다. 닭장 속의 닭들은 여느 날과 같은 하루를 시작했습니다. 물을 마시고 모이를 먹고 살을 찌웠습니다. 그들은 별로 존경할 것도 없는데다가 묻고 생각하기를 좋아했던 이상한 닭의 존재는 이미 잊어버렸습니다.

주인은 어제처럼 시장에 내다팔 닭들을 고르며 병든 닭이 없는지 살폈습니다. 그러다가 닭장 뒤쪽에 있는 쓰레기통의 뚜껑이 열려 있는 것을 보고는 고양이들이 또 설쳐댄 모양이라며 투덜거렸습니다.

그 시간, 교촌2호는 숲길을 걷고 있었습니다. 사실 오랫동안 닭장 바깥을 쳐다보면서 그는 한 가지 결론을 내려두고 있었습니다. 만약 닭장을 벗어날 방법이 있다면 그것은 아마도 쓸모없는 닭, 즉 병들어 죽은 닭이 되어야 한다는 것이었습니다. 병아리를 만나고 바깥으로 나가기를 결심한 교촌2호는 그것을 실천에 옮겼습니다. 한때 존경받을 만한 닭이 되고 싶었던 교촌2호는 이제 가장 존경스럽지 못한 닭이 되려 했습니다.

사실 병들어 죽은 닭을 주인이 어떻게 할지는 알 수 없었습니다. 개에게 먹이로 줄지도 모르고, 목을 부러뜨릴지도 몰랐습니다. 그럼에도 그는 기꺼이 병들어 죽은 닭이 되었습니다. 쓰레기통에 내던져질 때까지 죽은 척하고 있던 그는 사방이 캄캄해지자 죽을힘을 다해 그곳에서 나와 가까운 숲을 향해 비틀거리며 도망쳤습니다.

교촌2호는 바위 위에 올라 앞쪽에 무엇이 있는지 둘러보았습니다. 끝이 보이지 않았습니다. 닭장 밖 세상은 너무나 넓었습니다. 겨우겨우 도착한 숲은 공기가 상쾌했지만 동시에 무엇이 나타날지 몰라 너무 무섭기도 했습니다. 하지만 그는 자유를 얻었습니다. 그는 앞으로는 교촌2호라는 이름 대신 뭔가 다른 이름으로 자신을 불러야겠다고 생각했습니다.

철학을 하지 않던 닭 교촌2호는 마침내 그렇게 닭장을 벗어났습니다. 그는 이제 철학을 하는 닭이 되었습니다.

3부

최고의 닭

철학을 하지 않는 닭, 귀농2호

어느 마을의 닭장에서 얼마 떨어지지 않은 숲에는 철학을 하지 않는 닭, 귀농2호가 살고 있었습니다. 닭장에서 도망친 닭이었던 그는 바싹 마른데다가 윤기가 없는 털을 가지고 있었습니다.

숲에서의 생활은 닭장에서 자라난 닭에게는 쉽지 않았습니다. 처음 닭장을 빠져나왔을 때에 비하면 지금은 훨씬 적응이 되었지만 좋은 먹이를 구하거나 마실 물을 구하는 것은 어려웠습니다. 그나마 그렇게 구한 것을 먹을 때조차 사람이며 개며 고양이 등이 공격하지 않을끼 늘 주변을 실펴야 했기 때문에 숲에서 사는 일은 더욱 힘들었습니다.

때때로 그는 자신이 교촌2호라고 불렸던 닭장에서의 삶을 생각했습니다.

'그곳에서는 물과 먹이가 언제나 풍족했지. 이렇게 이쪽 저쪽으로 달리거나 도망칠 필요가 없어서 닭들이 대부분 피둥피둥 살이 쪄 있었어. 거기서는 개나 고양이뿐만 아니라 사람조차도 우리는 두려워하지 않았지.'

물론, 닭장 안의 닭이란 결국 인간의 먹거리가 되는 게 운명이었습니다. 하지만 그 사실을 모르는 무지한 닭들은 닭장 안에서도 나름대로 행복하게 지냈습니다. 귀농2호는 숲에서 개나 고양이에게 쫓기게 될 때면 그들처럼 그 안에서 그러려니 하고 지내다가 언젠가 죽는 삶도 그렇게 나쁜 것만은 아니라는 생각이 들었습니다. 그 안에서도 머리를 좀 쓰면 살아갈 방법이 전혀 없는 것은 아니었습니다. 약간의 식이요법만으로도 죽음으로 가는 대기 순번에서 슬쩍 뒤로 빠질 수 있었으니까요. 아무튼 어리석은 닭은 닭장에 가득했습니다. 그들은 아무것도 모른 채 기꺼이 자기 대신 먼저 죽어 줄 것이었습니다.

그러나 그런 생각은 그저 현실이 어려울 때 이따금 드는 것일 뿐 그가 가진 양심에 어울리는 생각은 아니었습니다. 그는 닭장을 떠나 숲으로 나온 것을 조금도 후회하지 않았습니다. 생각해 보면 숲속에서의 자유로운 삶은 역시 좁은 닭장 안에서의 부자유한 삶보다 훨씬 좋았습니다.

하지만 과거의 기억은 영원하지 않았습니다. 좁은 닭장 안에서 언제 죽을지 몰라 숨죽이며 살 때의 두려움과 공포는 어느새 점점 희미해져만 갔습니다. 그에 비해 비를 피할 곳마저 매번 직접 찾아야 하는 숲속에서의 외롭고 거친 삶은 눈앞의 현실이었습니다. 때문에 그는 바보 같은 생각인 줄 알면서도 인간에게 먹히기 위해 키워지던 시절도, 뭔가를 결정할 자유 따위는 전혀 없이 사는 것도 완전히 나쁜 것만은 아니었다는 생각에 가끔씩 빠지곤 했습니다. 그럴 때면 그는 자기 자신에게 정신 차리라고 말할 필요가 있었습니다.

'다른 닭들의 등이나 떠밀면서 살아남는 삶, 그런 지옥 같은 삶과 지금을 비교할 수는 없지. 나는 그런 일에는 재주도 없었지만 재주 이전에 난 그런 게 정말 싫었어. 그래. 다른 닭들을 죽음의 길로 떠밀어 보낼 필요가 없다는 것,

생명을 연장하기 위해 나쁜 일을 할 필요가 없다는 것, 그
것이야 말로 숲에서 사는 닭들의 긍지지.'

귀농2호의 몸은 현재의 초라하고 구차한 삶을 보여주듯 뼈
만 앙상했습니다. 그는 자기의 몸을 살피면서 변명이라도 하듯
스스로에게 그렇게 되뇌었습니다. 굶주렸지만 닭장 속의 닭들
보다는 자신이 더 훌륭하다는 자부심에 차 있었습니다.

닭장 밖 세상으로 나온 귀농2호는 처음에는 커다란 꿈에 부
풀어 있었습니다. 갇혀 있던 닭장을 벗어나 넓은 땅으로 나왔
으니 이 세상이 어떤 곳인지 확실하게 알아내리라는 야심을 품
었던 것이죠. 이곳에 자신의 집을 왕궁처럼 지을 생각도 했습
니다.

하지만 현실은 녹록지 않았습니다. 닭장 안에서도 서툴기만
했던 귀농2호의 어설픔은 숲에서는 더욱 심했습니다. 날마다
먹이와 물과 숨을 곳을 찾아다니면서 그는 점점 더 그 일들에
만 빠져들었습니다. 귀농2호는 먹이와 물과 편안한 잠자리가
삶의 전부가 아니라고 생각해 죽음을 무릅쓰고 닭장에서 도망
쳤습니다. 하지만 어느새 다시 먹이와 물과 잠자리만을 생각하
면서 살고 있었습니다. 어쩌다가 먹음직한 지렁이라도 한 마리

구하게 되면 너무나 기뻤습니다. 그것은 그가 포기하고 온 모이보다 훨씬 못한 것이었는데도 말입니다. 닭장에서의 삶이나 자신이 그곳을 탈출했을 때 가졌던 야심 따위는 이미 머릿속에서 사라진 지 오래였습니다. 한때는 철학을 하는 닭이었던 귀농2호는 이제는 철학을 하지 않는 야생 닭이 되었습니다.

귀농2호는 사실 운이 좋았습니다. 숲으로 들어오고 나서 며칠 만에 그는 스스로를 '귀농'이라고 부르는 닭을 만났습니다. 귀농2호는 깜짝 놀랐습니다. 그는 자신을 세상에서 닭장을 탈출한 유일한 닭이라거나 숲에서 사는 유일한 닭일 거라고 생각하지는 않았습니다. 하지만 그것은 추측이었을 뿐, 실제로 그가 이제까지 살면서 직접 만나본 모든 닭들은 닭장을 빠져나오는 일이나 닭장이 뭔지에 대해 생각하는 일에는 전혀 관심이 없었기 때문입니다. 다시 말해 자기도 모르는 사이에 스스로를 유일하고 고독한 닭이라고 생각하는 버릇이 들었던 거죠.

귀농은 숲에 잘 적응한 듯 보였습니다. 그는 닭장의 닭들처럼 뚱뚱하지는 않았지만 자신처럼 빼빼하고 초라하지도 않았습니다. 눈에서는 빛이 났으며, 몸에서는 힘이 느껴졌습니다. 실제로도 귀농은 일단 달리기 시작하면 자신과는 비교할 수 없을 정도로 바람처럼 빠르게 달렸습니다. 그런 귀농을 만나고 나서 그는 교촌2호라는 이름을 버리고 스스로를 귀농2호라고 부르기 시작했습니다.

귀농은 귀농2호에게 숲에서 사는 법을 가르쳐주었습니다. 어떤 곳이 위험한지, 어디에 가면 안전하게 물을 마실 수 있으며, 무엇이 영양가 높은 먹이인지 등에 대해 말해 주었죠. 한마디로 표현하자면 새로운 삶의 방식을 알려준 것이었습니다.

"저는 이 숲에 닭은 저밖에 없을 거라고 생각했습니다."

귀농2호의 말에 귀농이 대답했습니다.

"그렇지 않아. 숫자가 그렇게 많지는 않지만 우리 말고도 다른 닭이 있다는 건 분명해. 이 마을에서 사람들이 닭을 키우기 시작한 지가 꽤 오래되었거든. 닭장을 빠져나오는 닭은 거의 없지만 전혀 없는 건 아니지. 너처럼 말이야."

"그런데 다들 어디 있는 거죠?"

"다들 닭농장에서 더 멀리 떨어진 곳에 있지. 가까울수록 사람들이 자주 지나다니니까 더 위험하거든. 똑똑한 닭들은 닭농장 가까운 곳으로는 오지 않는다네."

귀농은 멍청한 닭일 리가 절대 없었습니다. 사실 귀농은 귀농2호가 이제까지 보아왔던 어떤 닭보다도 더 현명해 보였습니다. 그는 그 어떤 질문에도 당황하지 않았습니다. 사실 너무 현명해서 때로는 귀농2호가 그를 다 이해할 수 없을 정도였습니다. 귀농2호가 뭔가를 물을 때면 귀농의 답은 대개 짧고 분명했습니다. 하지만 때로는 이해하지 못하는 그에게 귀농은 말없이 어깨를 으쓱이듯 살짝 날갯짓을 할 때도 있었습니다. 마치 말로는 더 이상 어떻게 설명할 수가 없다는 의미처럼 보였습니다.

"그런데 귀농은 왜 닭장에서 이렇게 가까운 데에 사는 거죠? 여긴 위험해서 다른 닭들은 더 깊은 숲으로 숨었다면서요?"

귀농2호의 질문에 귀농은 이번에도 대답을 하지 않았습니다. 그는 그저 어깨를 살짝 으쓱이고 말았습니다.

귀농의 가르침

귀농2호는 귀농을 좋아했습니다. 배울 게 많기도 했지만 무엇보다 그와 함께 있으면 안전하다는 기분이 들었기 때문입니다. 그에게는 묻고 싶은 게 산더미 같았습니다. 귀농2호는 귀농이 알고 있는 모든 것을 하루라도 빨리 배우고 싶어 조바심이 났습니다. 그러면서 언젠가는 자신도 귀농과 같은 닭이 되기를 바랐죠.

그렇지만 귀농은 귀농2호와 항상 함께하지는 않았습니다. 둘이 같이 있으면 위험에 더 쉽게 노출될 뿐만 아니라 귀농2호가 자신에게 완전히 기대게 될까 봐 걱정이 되었기 때문입니다.

실제로 둘이 같이 있으면 귀농2호는 아무 생각 없이 귀농이 하자는 대로 할 때가 많았습니다. 그럴 때면 귀농은 살아가는 방법에 대해 한두 가지 조언을 해줄 수는 있지만, 자기가 살아가는 방법은 자기 스스로 찾아야 한다고 강조했습니다.

"머지않아 자네는 혼자 이곳을 떠나야 할 거야. 좀 더 깊은 곳으로 들어가서 사는 게 좋아."

귀농은 이렇게 말하곤 했습니다.

귀농2호는 귀농과 떨어지고 싶지 않았습니다. 모르는 걸 묻고 싶고 배우고도 싶었지만, 가장 큰 이유는 다시 고독한 닭이 되기 싫었기 때문입니다. 마을에서 멀리 떨어진 숲에도 그와 같은 다른 닭들이 있다지만, 그 닭들이 어떤 닭인지는 알 수 없는 일이었습니다. 귀농2호는 가능하다면 영원히 귀농과 함께 살고 싶었습니다.

"귀농은 내가 귀찮은가요? 귀농만 괜찮다면 저는 이곳에서 계속 귀농과 함께 살고 싶은데……."

어느 날 용기를 내어 묻자 귀농이 말했습니다.

"나와 함께 살고 싶다고? 그것이 바로 자네가 나를 떠나야 하는 이유일세. 자네는 아직 공존이라는 게 어떤 건지 모르고 있어. 고독하고 싶지 않다면 먼저 고독을 경험해야 한다네."

"하지만 저는 귀농을 만나기 전까지만 해도 늘 매우 고독하다고 느꼈습니다. 모두들 저를 이상한 닭이라고 했으니까요."

귀농은 귀농2호를 물끄러미 쳐다봤습니다. 그 눈빛은 답을 어떻게 말할까 생각하는 것 같았습니다.

"물론 그랬겠지. 다 그런 건 아니지만 닭장을 탈출했던 닭들은 대부분 자신이 매우 고독했다고 말하는 것이 사실이야. 그렇기 때문에 그들은 처음으로 자기와 비슷하게 생각하는 닭을 만나게 되면 기뻐서 서로에게 달려들지. 하지만 시간이 지나고 나면 대개는 상처를 입고 만다네."

"고독이 없어졌는데 상처를 입다니요? 설마 제가 귀농에게 상처를 입힐 거라고 생각하시는 건가요? 아니면 제가 귀농 때문에 상처를 입게 될 거라고 말씀하시는 건가요?"

귀농2호는 귀농의 말을 이해할 수가 없었습니다.

한동안 침묵하던 귀농이 다시 입을 열었습니다.

"이봐. 두 개의 존재가 가까운 곳에 공존한다는 것은 오직 두 존재 모두가 함께할 만한 힘을 갖추고 나서야만 가능한 거라네. 실질적으로 모든 존재 사이에는 적당한 거리라는 게 있어. 그 거리보다 멀어지면 서운함과 그리움이 생기지만, 그보다 더 가까워지면 두 존재 모두 혹은 둘 중 하나의 존재가 무너지면서 아픔이 생기게 마련이야. 바로 그 아픔이 미움을 만들고 상처를 입히지. 가까운 거리에서 공존하는 일은 자기를 지킬 강한 힘을 필요로 하네.

물론, 이 세상에는 불이 활활 타오르는 것 같은 존재도 있네. 카리스마가 넘치고 매력이 넘치는 존재라고들 하지. 하지만 그들은 주변에 있는 대부분의 존재들을 무너뜨릴 때가 많아. 때로는 그 과정에서 쾌감을 느끼는 경우도 있지만, 결국 무너지는 존재들은 자신을 태우는 불장난을 하고 있을 뿐이야. 남을 불태우는 존재는 자신이 책임질 수 없는 짓을 하고 있다는 걸 모르는 것이고…….

그런데 많은 닭들이 이런 사실들을 몰라. 그래서 자기가 혼자인 줄 알고 고독해하고 외로워하다가 자기와 비슷한 닭을 보면 달려들어 꼭 붙들려고 하는 거야. 어떤 때는 아예 거리를 없애려고도 해. 자신도 상대방도 그렇게 가까운 사이로 함께 살기에는 준비가 되어 있지 않다는 것을 모른 채 말이야. 그렇기 때문에 그들은 결국 큰 상처를 입고 고통스러워하거나 상대에게 상처를 입히기도 하는 거야. 또 상처는 꼭 상대방으로부터 입는 것도 아니라네. 상대방에게 비춰진 자기 자신의 모습에서도 우리는 상처를 받아. 반대로 우리에게는 그럴 의도가 전혀 없는데도 우리가 비춰주는 그들 자신의 모습 때문에 상대방이 상처를 입을 수도 있지.

닭들은 상처를 입고 난 후에는 모든 닭들을 미워하면서 전보다 더 심각한 고독에 시달리거나 다른 닭을 만나서 또다시 같은 잘못을 반복하지. 이걸 반복하면 더 이상 마음에 상처 날 자리가 없어질 정도로 정신이 피폐해지고 말아. 이처럼 큰 사랑은 커다란 힘과 지혜를 요구하는 것일세."

귀농2호는 그저 멍한 상태로 듣고 있을 뿐이었습니다.

입가에 미소를 띠며 귀농이 말했습니다.

"자네에게 이런 말들은 좀 이르지. 아직 경험이 부족한 자네에게는 모든 일들이 추상적으로만 들릴 테니까……. 하지만 머지않은 장래에 자네도 충분한 경험을 하게 될 거야."

잠시 말을 멈췄던 귀농은 귀농2호를 바라보면서 다시 입을 열었습니다.

"몇 가지 이야기해 둘 것이 있네. 잘 기억해 두라고. 첫째, 진정한 친구는 시간과 거리에 무관하게 만날 수 있다는 거야. 눈에 보이는 것만 믿어서는 안 돼. 그것을 알고 있는 닭은 결코 완전히 외로워지지 않지. 둘째, 진정한 답은 자기 안에 있다는 것일세. 모르는 문제가 생길 때마다 자기 안에서 답을 구해야 한다는 말이야."

귀농의 이런 말들은 전에 가르쳐준 먹이를 먹는 법이나 잠자리를 찾는 법과는 완전히 다른 이야기였습니다. 귀농2호는 무슨 말인지 잘 이해가 되지는 않았지만, 귀농이 하는 말을 놓치지 않고 귀담아 들으며 한마디도 잊지 않기 위해 애를 썼습니다.

"마지막으로 말해 둘 것은 나는 자네를 좋아한다는 것일세. 그걸 잊지 말게. 자네는 자네의 재능을 소중히 여겨야 해. 자네의 나이를 생각하면 자네는 내가 지금까지 본 어떤 닭보다 현명한 닭이라네. 나는 진심으로 자네의 미래를 보고 싶어."

갑자기 그런 말을 들은 귀농2호는 어리둥절했습니다. 귀농
옆에 있으면서 자기가 현명하다고 생각한 적이 단 한 번도 없
었으니까요. 아마도 자기가 먹이 찾는 법을 잘 배웠기 때문이
아닐까 생각하면서 그는 궁금증이 가득한 눈으로 귀농을 쳐다
보았습니다. 하지만 귀농은 역시 어깨만 살짝 으쓱할 뿐 입을
다물었습니다.

첫 경험

어느 날, 귀농2호가 귀농과 함께 먹이를 먹고 난 다음 물을 마시러 갈 때였습니다. 갑자기 커다란 그림자 하나가 빠르게 둘을 덮쳐왔습니다. 큰 사냥개였습니다. 그 개는 귀농2호를 향해 똑바로 달려왔습니다. 귀농2호는 마치 다리가 땅에 붙어 버리기라도 한 것처럼 그 자리에서 꼼짝도 할 수가 없었습니다. 너무나 무서웠던 그는 도망을 쳐야 한다는 사실까지도 잊어버리고 있었습니다.

바로 그때 귀농이 빠르게 사냥개의 앞을 막아섰습니다. 그러고는 도망치라는 듯 귀농2호를 보고 재빨리 날개를 휘둘렀습니다.

정신이 번쩍 든 귀농2호는 그제야 사냥개의 반대쪽으로 미친듯이 내달렸습니다. 평생 그처럼 빨리 달린 적은 없었을 것입니다. 귀농2호의 가슴은 터질 것만 같았습니다. 그렇게 한참을 달리다가 마침내 안전해 보이는 높은 바위 위로 올라섰습니다. 귀농2호는 어느 정도 마음을 가라앉히고 뒤를 돌아보았습니다. 멀리 자신이 도망치기 전에 있던 그 자리에 큰 개 한 마리와 사람 하나가 서 있는 게 보였습니다. 사람의 손에는 닭 한 마리가 들려 있었는데, 목이 아래쪽으로 툭 떨어져 있는 것으로 보아 이미 죽었다는 걸 알 수 있었습니다. 귀농이었습니다.

귀농2호는 어떤 말도, 아무 생각도 나지 않았습니다. 당장은 귀농에게 속았다는 느낌이 들 뿐이었습니다. 귀농이라면 어떻게든 해결하리라 굳게 믿었기 때문입니다. 그는 또다시 가던 방향으로 미친듯이 달렸습니다. 조금 전 눈앞에서 벌어진 일들이 진짜로 벌어진 일인 것 같기도 했고 꿈속에서 일어난 일인 것 같기도 했습니다. 귀농2호의 머리는 죽고 싶지 않다는 공포와 귀농이 죽었다는 슬픔으로 뒤죽박죽이 되어 버렸습니다.

그렇게 한참을 더 달린 후 완전히 안전하다고 생각되는 곳에서 그는 발을 멈췄습니다. 숨을 헐떡이넌 귀농2호는 자신이 깊

고 깊은 슬픔에 빠져드는 것을 느꼈습니다. 마치 헤어날 수 없는 늪 속으로 빠져드는 것 같았습니다.

'뭐? 숲에서 사는 닭의 긍지는 다른 닭을 죽음의 길로 먼저 보낼 필요가 없다는 거라고? 그거야말로 세상물정 모르는 어리석은 닭만이 할 수 있는 말이었다. 나는 정말 세상에서 가장 멍청한 닭이다!'

귀농2호는 너무 슬퍼서 차라리 죽고 싶었습니다. 숲은 분명 전과 같은 숲이었지만 귀농이 사라지자 완전히 다른 곳처럼 낯설게만 느껴졌습니다. 귀농2호는 이 일이 꿈이었으면 좋겠다며 한동안 눈을 꼭 감아보기도 했습니다. 하지만 달라지는 건 아무것도 없었습니다. 귀농은 어디에서도 나타나지 않았습니다. 그는 큰 충격으로 인해 먹이나 물, 심지어 숨을 곳을 찾아야 한다는 것조차 까맣게 잊어버렸습니다. 그는 그렇게 한참을 보내고 나서야 귀농과 함께 보냈던 시간들이며, 그가 가르쳐주었던 많은 것들에 대해 생각할 수 있었습니다.

"그런데 귀농은 왜 닭장에서 이렇게 가까운 데 사는 거죠? 여긴 위험해서 다른 닭들은 더 깊은 숲으로 숨었다면서요?"

전에 귀농에게 했던 질문을 생각하던 귀농2호는 문득 깨달 았습니다. 귀농이 닭농장에서 가까운 이 숲에 살고 있었던 이 유는 바로 닭장을 탈출하는 닭들을 도와주기 위해서였다는 걸 말입니다. 어디가 위험한지 모르는 그런 닭들은 십중팔구는 죽 거나 다시 잡힐 것이 불 보듯 뻔했습니다. 바로 자기가 그런 닭 이었죠. 귀농이라면 분명 훨씬 더 좋은 곳을 알고 있었을 것이 틀림없었습니다. 그는 그런 곳에서 안전하고 편안하게 살 수 있었을 텐데 자신과 같은 닭들을 기다리면서 그토록 위험하게 살고 있었던 것입니다.

언젠가 귀농은 말했습니다.

"그래, 우리는 수가 너무 적지. 그게 문제야."

그랬습니다. 닭장을 탈출한 닭들의 수가 적다는 게 귀농이 이 숲을 떠나지 않은 이유였던 겁니다.

귀농이 해준 말이 다시 떠올랐습니다.

"마지막으로 말해 둘 것은 나는 자네를 좋아한다는 것일세. 그걸 잊지 말게. 자네는 자네의 재능을 소중히 여겨야 해. 자네 의 나이를 생각하면 자네는 내가 지금까지 본 어떤 닭보다 현 명한 닭이라네. 나는 진심으로 자네의 미래를 보고 싶어."

귀농2호는 귀농을 생각하면 할수록 더욱 더 깊은 슬픔 속으로 빠져들었습니다. 그는 세상을 제대로 알기 위해 닭장을 탈출했지만, 그곳에서 벗어나자마자 철학을 하지 않는 닭이 되었습니다. 때문에 많은 일들에 대한 답이 바로 눈앞에 있는데도 알지 못했습니다. 그는 귀농이 소중한 존재라는 걸 느끼면서도 그가 누구인지 몰랐습니다. 귀농이 만들어낸 세계에서 귀농에게 의지해 살아가면서도 자신이 누구인지, 어디에 있는지 몰랐습니다. 그는 닭장 안에서는 닭장의 진실을 깨달을 수 있었지만, 정작 귀농의 세계에서 산다는 것의 의미는 알아차리지 못했습니다. 닭장에서 태어난 귀농2호는 자신의 부모가 누구인지 몰랐습니다. 길지 않은 만남이었지만, 이 세상에 귀농2호에게 부모 같은 존재가 있다면 그건 바로 귀농이었습니다.

"자네에게 이런 말들은 좀 이르지. 아직 경험이 부족한 자네에게는 모든 일들이 추상적으로만 들릴 테니까……. 하지만 머지않은 장래에 자네도 충분한 경험을 하게 될 거야."

귀농의 말을 다시 떠올린 귀농2호는 생각했습니다.

'귀농은 머지않아 나와 헤어질 것이며, 그것은 나에게 매우 고통스러운 경험이 되리라는 걸 분명히 알고 있었던 거야.'

귀농이 한 말을 곰곰이 되짚어 보면 지금 같은 방식으로는 아닐지라도 언젠가 자신을 떠나보낼 계획을 하고 있었음에 틀림없었습니다.

귀농2호는 귀농을 생각하면서 한 자리에 아주 오랫동안 서 있었습니다. 귀농과 이별하는 경험은 그의 가슴에 평생 극복되지 못할 아주 큰 상처를 남겼습니다. 귀농2호는 자신을 영원히 용서할 수 없을 것 같았습니다. 그는 귀농에게 고맙다거나 좋아한다는 말을 하지 못한 게 너무나 아쉬웠습니다.

자유로운 닭들을 위한 땅

  귀농2호는 귀농과 함께 살던 숲을 떠나 더 깊은 숲으로 들어 갔습니다. 그는 커다란 패배감을 느꼈고 너무나도 무서웠습니다. 귀농을 만나기 전에 있던 닭장 안에서도 고독했지만 귀농이 사라진 세계 속에서는 말할 수 없이 더욱 더 고독했습니다.

  귀농과 함께 있을 때는 모르는 일이 생겨도 별로 큰 걱정을 하지 않았습니다. 귀농에게 물어보면 답을 들을 수 있다고 생 각했으니까요. 그는 적어도 자신의 문제를 같이 고민해 줄 것 이 틀림없었습니다. 그러나 홀로 숲속을 걷는 처지가 되자 비 로소 진짜 고독이란 게 얼마나 무시무시한 것인지 알게 되었습니다. 혼자서 하는 결정으로 방향을 한 번씩 바꿀 때마다 그 길이 죽는 길 같아 너무나 두려웠습니다.

하지만 귀농2호는 다행스럽게도 별 탈 없이 또 다른 닭들이 사는 곳에 도착했습니다. 그들은 그곳을 '자유로운 닭들을 위한 땅' 혹은 그냥 '우리 땅'이라고 불렀습니다.

그곳에 사는 닭들에게는 세 가지 중요한 일이 있었습니다.

하나는 '인간들이 만든 닭장에 갇혀 있는 닭들을 자유롭게 해방시켜 줄 수 있는 힘을 기르는 일'이었습니다. 그들은 언젠가는 자유로운 닭들을 위한 땅을 힘센 닭들로 가득 채우게 될 것이라고 말했습니다. 그때가 되면 인간들이 만든 닭장은 부서지고 다른 닭들도 자유로워질 거라고 했죠.

두 번째는 '가장 빠른 닭이 되는 것'이었습니다. 그들은 가장 빠른 닭이 가장 멀리 간다고 말하곤 했습니다. 그러면서 서로 경주를 했고 더 빠른 닭이 무리의 높은 위치에 올라서고는 했습니다.

"빠른 게 그렇게 중요한 건가요?"

귀농2호가 물었습니다.

"당연하지. 가장 빠른 닭만이 가장 멀리 갈 수 있는 법이지. 빠른 것이 힘이야. 빠르면 적들을 재빨리 물리칠 수 있을 뿐만 아니라 가장 오래 살아남아서 다른 닭들을 이끌어 줄 수 있거든. 우리는 언젠가 저 인간들을 무찌를 수 있을 만큼, 닭장을 영원히 부숴 버릴 수 있을 만큼 빨라질 거야."

그 땅에서 만난 닭 자유41호는 확신에 차 있었습니다. 다른 닭들도 그렇게 생각하고 있었습니다. 그곳에 있는 닭들은 사실 대부분 귀농2호보다는 빨랐습니다. 귀농2호도 연습을 할 필요가 있었습니다. 귀농2호는 자기에게도 빨리 달릴 수 있는 재능이 있기를 기도했습니다.

세 번째로 중요한 것은 '즐겁게 사는 일'이었습니다.

"우리가 무엇 때문에 자유를 얻으려 하겠나. 다 즐겁게 살기 위한 것이지. 자유란 결국 즐기기 위한 거 아냐?"

자유41호는 말했습니다.

우리 땅에는 먹을 것이 풍부한데다가 기분을 즐겁게 만들어 주는 빨간 열매도 있었습니다. 다만, 그 열매만큼은 모두가 마음껏 먹을 수 있을 정도로 충분치 않았던 탓에 달리기 경주에서 우승이라도 하지 않는다면 많이 먹을 수는 없었습니다. 자유41호가 맛이나 보라면서 주는 빨간 열매를 먹는 순간 귀농2

호는 모든 근심걱정이 사라지는 것을 느꼈습니다.

"오, 이거…… 아주 좋군요. 역시 자유로운 닭들을 위한 땅은 최곱니다. 자유로운 닭들이여, 만세!"

오랜만에 기분이 한껏 좋아진 귀농2호가 숲이 떠나가라 외쳤습니다. 빨간 열매를 먹자 자신의 상처도 잊을 수 있을 것만 같았습니다.

우리 땅에는 암탉도 살았습니다. 숫자는 수탉보다 적었지만요. 다른 닭들의 말에 의하면, 암탉이 사는 닭장에서는 탈출이 더 어렵기 때문이라는 것이었습니다. 귀농2호는 어느 날 매력적인 암탉을 보고 한눈에 사랑에 빠졌습니다. 반면, 대부분의 암탉들은 닭장을 빠져나온 지 얼마 되지도 않은데다가 달리기도 잘 못하는 그에게는 아무런 관심도 보이지 않았습니다.

귀농2호는 아침부터 밤까지 발바닥이 아프도록 달리기 연습에 몰두했습니다. 귀농을 잃은 후 생겨난 두려움은 아직도 마음속 깊은 곳에 있었습니다. 숲속을 혼자 걸을 때 느꼈던 고독의 기억도 아주 생생했습니다. 그럴수록 그는 자유로운 닭들을 위한 땅에서 자신의 자리를 가지고 싶었습니다. 빨간 열매도 잔뜩 먹고 싶었습니다. 모든 암탉들이 매력적이라고 말하는 그런 닭이 되고 싶었습니다. 그렇게 되고 나면 지금 느끼는 두려움과 고독은 깨끗이 사라질 거라고 믿었습니다.

'난 아직 아무것도 아니야. 하지만 꼭 뭔가가 될 거야. 최고의 닭처럼 뭔가 의미 있는 존재 말이야.'

귀농2호는 버릇처럼 '나는 뭔가가 되겠다.'는 말을 마음속으로 반복하곤 했습니다.

달리기 연습은 힘들었습니다. 하지만 귀농2호는 점점 더 빨라졌습니다. 그는 다행히도 자신이 달리는 데 재능이 있는 재빠른 닭이라는 사실을 알게 되었습니다. 귀농2호는 달리는 일에 조금씩 자신이 생겼습니다. 특히 귀농과 함께 지냈던 시간이 큰 도움이 되었습니다. 귀농이 달리는 모습은 달리는 방법에 대한 교과서 같았기 때문입니다. 귀농은 우리 땅에서 가장 빠른 닭 자유113호보다는 빠르지 않았습니다. 하지만 귀농과 자유113호 사이에는 차이가 있었습니다. 자유113호는 달리기 시합 때마다 전력을 다해서 달렸지만 귀농은 단 한 번도 그렇게 전력으로 달리는 모습을 보여준 적이 없기 때문입니다. 귀농2호의 눈에 귀농은 그저 필요한 만큼만 달릴 뿐 빨리 달린다는 걸 별로 대단하게 생각하는 것 같지도 않았습니다.

'귀농이 전력을 다해 달린다면 분명히 우리 땅에서 가장 빠른 닭보다 더 빨리 달릴 수 있었을 거야!'

그렇게 생각하는 귀농2호는 점점 더 빨라졌습니다. 그만큼 우리 땅에서의 위치도 계속 올라갔습니다. 어느새 그는 열심히 노력만 한다면 언젠가는 최고의 닭이 될지도 모른다는 말을 듣게도 되었습니다. 그의 미래는 아주 밝아 보였습니다. 그는 빨간 열매도 먹을 수 있게 되었고, 암탉들도 그의 인사 정도는 받아주기 시작했습니다. 다른 닭들은 그에게도 자유라는 이름을 붙이고 싶어 했지만 귀농2호는 귀농에 대한 존경심 때문에 그것만큼은 바꾸지 않았습니다.

그렇게 한 계절이 지나갔습니다. 귀농2호는 이제 전체 무리 중에서도 가장 빠른 편에 속하는 닭이 되었습니다. 그에게는 친하게 지내는 암탉도 생겼습니다. 하지만 그다지 행복하지 않았습니다. 앞날이 뻔히 보였으니까요. 좀 더 빨라지려는 노력을 계속하다 보니 발톱이 깨지고 허리가 아파오는 등 몸에 무리가 오기 시작했습니다. 이대로라면 최고의 닭이 되지도 못하고 추락하게 될 것 같았습니다. 그는 더 빨라지기는커녕 조금만 긴장을 풀어도 다시 느려지게 될 것이며, 긴장을 유지한다고 해도 얼마 지나지 않아 다른 닭들에게 추월당하는, 예전처럼 그다지 빠르지 않은 닭이 될 게 분명했습니다.

하지만 무리임을 알면서도 달리기 연습을 멈출 수가 없었습니다. 지금보다 조금만 더 빨라진다면, 그래서 무리에서 가장 빠른 열 마리의 닭 안에 들게 되면 사랑하는 암탉 자유201호에게 청혼할 생각이었기 때문입니다. 그는 잠시 쉬는 시간이면 그곳에서 알게 된 친구들과 쓸데없는 이야기를 하거나 빨간 열매에 취해 지내면서 미래에 대한 두려움과 달리기 연습으로 인한 고통을 잊었습니다. 하지만 가슴 깊은 곳에 도사리고 있는 두려움은 여전히 사라지지 않았습니다.

'난 아직 아무것도 아니야. 빨리 뭔가가 되어야만 해. 그래야 이 두려움이 사라질 거야!'

무리에서 가장 빠른 닭이 되면 두려움이 사라질 거라는 믿음은 갈수록 확고해졌습니다. 실제로 우리 땅에서 영웅 대접을 받는 자유113호의 모습은 너무나 당당했고 자신감에 넘쳤습니다. 두려움 따위는 찾아볼 수 없었습니다. 모두들 그런 그를 부러워하면서 존경했습니다.

그러던 어느 날이었습니다. 그는 숲속의 한쪽 구석에서 빨간 열매에 취해 엉망으로 널브러져 있는 자유113호를 발견했습니다. 이제 닭들 사이에서 조금은 유명해져서 자유113호하고도 알고 지내게 된 귀농2호는 그와 이야기를 나누던 중 놀라운 진실을 듣게 되었습니다. 저 당당하던 자유113호도 자기와 다를 바가 없었습니다. 그 역시 깨지는 발톱과 아파오는 허리를 두려워하고 있었습니다.

자유113호는 말했습니다.

"난 자네처럼 재능 있는 닭이 나타나면 언젠가는 나보다 빨라질까 봐 두려움을 느낀다네. 암탉들이나 친구들의 사랑을 잃을까 두렵고, 다른 닭들이 나에게 보내는 존경과 부러움의 눈길이 사라질까 두려워하지. 1등을 하기 전보다 지금이 더 두려워. 지금은 그때보다 잃을 것이 더 많거든. 그래서 가장 빠른 닭으로 남아 있기 위해 더 큰 고통을 참지. 그 고통이 두렵지만 모든 걸 잃어버리는 건 더 두려우니까. 그렇게 살면서도 남들 앞에서는 되도록 아무 노력도 안 하고 빨리 달리는 척한다네. 재능이 넘치는 특별하고 행복한 닭인 척하느라고 말이야. 그래야 다른 닭들이 나를 더 존경하거든. 하지만 사실은 허풍이지. 나는 가진 걸 지키고 싶어서 위대한 닭 자유113호인 척하고 있는 것뿐이야."

"하지만 당신은 위대한 재능을 가진 닭이 분명합니다. 당신의 반의 반만큼만 재능이 있었으면 좋겠다고 말하는 닭들이 얼마나 많은데요."

"물론 나는 재능이 있는 닭이지. 아주 평범하지는 않아. 그건 맞아. 하지만 세상에는 나 말고도 재능 있는 닭들이 많다네. 자네도 그중의 하나지. 자네 같은 닭들이 고통을 참으면서 연습을 하고 있는데 어떻게 뭔가를 포기하는 일 없이 내가 계속 이길 수가 있겠나. 지금은 또 우리가 달리기를 이렇게 중요하게 생각하지만 시간이 지나면 그것 또한 바뀔지도 모르지. 그러면 잘 달리는 닭도 별거 아닐 수 있어. 걱정해야 할 것은 많다네. 계속 이기려고 하는 자가 편안한 마음이 되는 때는 절대 오지 않아."

귀농2호는 자유113호를 위로하고 자신의 잠자리로 돌아왔습니다. 돌아오는 길에 그는 자신이 이 대화에서 큰 충격을 받았다는 사실을 알게 되었습니다. 자유113호의 말은 너무나도 실망스러웠습니다. 생각해 보면 귀농과 함께 있었을 때만큼 행복했던 시절은 없었습니다. 하지만 일단 귀농과 헤어지게 되자 삶은 불확실해졌고 사는 일이 두려워졌습니다. 그래서 귀농

2호는 죽도록 노력했습니다. 일단 자유113호처럼 대단한 닭이 되면 그런 두려움은 사라질 거라고 믿었습니다. 헌데 그렇지 않았습니다. 그 대단한 닭들의 자신만만함은 닭장에서처럼 허풍이었을 뿐, 그들은 전혀 즐겁거나 행복하지 않았으며 두려움을 이겨내지도 못했습니다.

귀농2호는 생각했습니다.

'어쩌면 나는 지금도 닭장 속에 있을 때와 비슷하게 살고 있는지도 몰라. 나는 달리기 경주라는 닭장 속에서 그저 열심히 뛰고 있는 것뿐이지. 빨간 열매를 얻자고 말이야. 어쩌면 달리기 경주라는 것도 누군가가 의도를 가지고 만든 것이 아닐까? 결국 믿었던 것과는 달리 가장 잘 달리는 닭이란 사실 가장 많이 이용당하는 닭일지도 몰라.'

자유로운 닭들을 위한 땅에서 닭들이 중요하게 여기는 세 가지에 대해 귀농2호는 다시 생각해 보았습니다. 그들은 닭장의 닭들을 자유롭게 해주겠다고 하지만, 그리고 확실히 닭장 안에 사는 닭들의 삶은 끔찍한 데가 있지만, 실은 그렇게 말하는 자신들도 그렇게 자유롭지는 않았습니다.

스스로를 되돌아보면 결국 우리 땅에서의 생활도 하루하루가 너무나 힘든 달리기 연습의 계속이었습니다. 그렇게 해서 조금씩 무리의 높은 위치로 올라가면서도 마음이 개운치만은 않았습니다. 스스로도 자유롭지 않으면서 남을 자유롭게 해주겠다고 말하는 것은 어딘지 설득력이 없어 보였습니다.

또 자유로운 닭들을 위한 땅에 사는 닭들은 언젠가 자신들이 충분히 빨라지면 모든 닭들이 자유로워질 것이며 인간도 무찌를 수 있다고 말하지만, 실은 그 충분히 빨라지는 때는 영원히 오지 않을 것 같았습니다. 우리 땅의 닭들은 그때에는 도달하지 못한 채 그저 계속 달리기 연습이나 하면서 빨간 열매에 취해 살다가 죽을 것 같았습니다.

'귀농은 사냥개와 싸워 이길 만큼 힘이 세거나 빠르지는 않았지만 최소한 나라는 한 마리의 닭만큼은 자유롭게 만들었다. 그러나 여기 있는 닭들은 그저 언젠가 그렇게 하겠다는 약속만 할 뿐 달리는 것 외에는 아무런 행동도 하지 않는다. 그저 즐기면서 사는 데 몰두하면서 마음속으로는 약해지거나 버림받는 것을 두려워한다. 그게 아니면 빨간 열매에 취해 아무 생각 없이 살 뿐이다.'

귀농2호는 어느새 발걸음을 멈추고 서 있었습니다. 그는 자신이 길을 잃었다는 사실을 깨달았습니다.

나를 찾아가는 길

그날 이후 귀농2호는 다시 생각에 잠기는 일이 많아졌습니다. 자유로운 닭들을 위한 땅을 떠나 다른 곳으로 갈까 고민도 했지만 딱히 갈 곳도 없었습니다. 지금의 자신은 그 옛날에 닭장 안에서 닭장을 벗어나야 하는가 아니면 이대로 살아야 하는가를 고민하던 때와 비슷하다는 생각이 들었습니다. 순간 귀농2호는 퍼뜩 깨달았습니다.

'나는 닭장 안에는 없는 귀한 지혜를 찾으려 닭장 밖으로 나왔다. 하지만 단순히 닭장 밖에 산다는 것만으로 내가 닭

장 안에서의 삶에 대한 대안을 찾았다고는 말할 수 없다.'

 귀농2호는 닭장 밖으로 나왔지만 정작 닭장 밖에 있는 귀중한 것을 보지 못했습니다. 볼 수 없었기에 그것을 소중히 여길 수도 없었습니다. 어느새 몸이 편한 것만을 추구하느라 철학을 하지 않는 닭이 되어 버렸기 때문입니다.

 '사실 나는 닭장 밖으로 나오는 것만으로도 가치 있는 삶을 살아갈 수 있을 거라고 생각했다. 닭장이라는 세계가 나를 단순히 인간의 먹이라는 존재로 만들고 있다는 사실을 알았기 때문에 그 세계를 부정하고 탈출한 것이다. 하지만 하나의 세계를 부정하는 일과 그 대안이 되는 세계를 창조하거나 찾는 것은 다르다. 나는 그것을 몰랐기 때문에 어렵게 닭장을 탈출하고서도 다시 닭장 밖이라는 세계가 나를 나 아닌 다른 어떤 것으로 만들어 버리고 있다는 것을 깨닫지 못했다. 나는 또 다른 닭장에 갇히고 만 셈이다.

 결국 자기가 없는 삶이란 그릇에 담긴 물처럼 그릇의 모양에 따라 그 모양이 결정되어지고 마는 삶일 수밖에 없다. 나는 나 나름대로의 삶의 의미를 찾으려는 목표가 없었다. 모처럼 내가 태어난 닭장을 탈출했음에도 불구하고 여전히 그저 먹고 마시

고 몸이 편한 것만을 찾는 닭이 되었을 뿐이었다. 그래서 점점
더 단순해졌고 소중한 것의 가치를 알지 못하게 된 닭, 모든 것
이 그저 당연히 주어진 줄 아는 닭이 되어 버린 것이다.'

귀농2호는 궁극적으로 자신이 살아야 하는 곳은 닭장 안도,
닭장 밖도 아님을 알게 되었습니다. 그런 생각은 또다시 나에
게 주어진 어떤 세계가 나를 지배하고, 나의 의지와 욕망이 아
니라 다른 존재의 의지와 욕망에 따라 삶이 결정되도록 할 뿐
이었습니다.

'내가 살아야 하는 곳은 나 자신이다. 내가 있지 않은 삶은
이렇든 저렇든 결국에는 의미가 없다. 닭장 안에서 편하게 지
내다가 고기가 되거나, 밖에서 좀 더 자유롭고 길게 살거나, 아
무런 의식 없는 인형 같은 존재가 되어 어떤 생각도 느낌도 가
지지 못한다면, 두려움에 떠밀려 사는 삶일 뿐이라면, 다른 누
군가가 나를 움직이는 것처럼 산다면, 별반 차이가 없기는 마
찬가지인 것이다. 그러나 마음속에 자기만의 세계를 지니고 사
는 닭은 닭장 안에 있든 밖에 있든 자신의 삶을 살게 된다. 결
국 철학하지 않는 삶은 어디에서 살든 가치가 없는 것이다.'

원하기만 했다면 귀농은 좀 더 안전하고 편안한 곳에서 살
수 있었을 것입니다. 그런데 그가 택한 삶은 자신처럼 위험에

노출된 닭들을 도와주며 사는 삶이었습니다. 귀농이 항상 생기가 넘치고 지혜를 가진 듯 보였던 이유는 이렇듯 자기만의 삶을 살았기 때문이 틀림없었습니다.

귀농의 말이 다시 떠올랐습니다.

"나와 함께 살고 싶다고? 그것이 바로 자네가 나를 떠나야 하는 이유일세. 자네는 아직 공존이라는 게 어떤 건지 모르고 있어. 고독하고 싶지 않다면 먼저 고독을 경험해야 한다네."

귀농은 귀농2호가 자기 옆에 있으면 자신을 찾지 못하리라는 걸 이미 알았던 것입니다. 실제로 귀농2호는 귀농의 말이라면 뭐든지 옳다고 생각하고 시키는 대로 하고 있었으니까요. 사냥개가 달려들 때만 해도 날갯짓을 하면서 도망가라던 귀농의 행동에 따랐던 이유는, 귀농이라면 어떻게든 그 상황에서 빠져나올 수 있으리라는 안이한 생각 때문이었습니다. 그는 벌어진 상황에 직면한 후 스스로 느끼고 판단하는 게 아니라 점점 더 귀농의 부속품처럼 행동하고 있었습니다. 어느새 창의적인 행동을 잊어버린 귀농2호는 그저 귀농의 명령에 따르는 데

익숙해져 버렸던 것입니다.

'나를 찾는다는 건 뭘까? 고독해지면 나를 찾게 될까?'

귀농2호는 도무지 알 수가 없었습니다. 하지만 그가 사는 방식만큼은 조금씩 달라졌습니다. 그는 더 이상 무리하지 않았습니다. 우리가 닭장의 모든 닭들을 언젠가는 자유롭게 해줄 것이라는 거대한 일에 대한 선전 같은 것에는 귀를 기울이지 않았습니다.

그보다는 자신이 결정할 수 있고 행동에 옮길 수 있는 작은 일에 주목했습니다. 그리고 자기 주변에 무엇이 있는지, 자기의 작은 행동들이 그것들에 어떤 영향을 끼치고 결과를 만들어 내는지를 느끼려고 노력했습니다. 그는 빨간 열매에 취하거나 쓸데없는 말들을 하면서 다른 닭들과 시간을 보내는 대신 혼자 조용히 지내면서 자신의 마음에 귀를 기울였습니다.

귀농2호는 자유201호와 가족이 되었습니다. 얼마 지나지 않아 귀여운 병아리들도 태어났습니다. 아이들을 기르며 자유201호와 즐거운 시간을 가지는 동안에도 시간은 하루하루 흘렀습니다. 병아리들이 자라 중닭이 되자 귀농2호는 자신의 아이들에게 이제 스스로의 길을 가라고 했습니다. 그는 부모를 떠나려는 아이들에게 이렇게 말했습니다.

"잊지 말아야 할 것들을 몇 가지 말해 주겠다. 아빠 엄마와 떨어진다고 해서 외로워할 필요는 없다. 너희들의 마음속에는 이미 아빠 엄마가 있기 때문에 너희들만 우릴 잊지 않는다면 우리는 계속 너희들과 함께하는 것이나 마찬가지니까. 그 마음은 또한 너희들이 필요로 하는 답도 갖고 있다. 모르는 것이 있으면 그 마음속의 자신에게 물어보아라. 남의 말도 들어야겠지만 무엇보다 그 마음이 주는 답에 귀를 기울이는 것을 잊지 말도록 해라. 마지막으로, 살다 보면 스스로가 어리석고 가치 없는 닭이라는 생각이 들 때가 있다. 어떤 닭이든 실패하고 실망하는 일이 생기기 마련이니까. 그럴 때 잊지 말아야 한다. 최소한 아빠 엄마만큼은 너희들을 사랑하고 자랑스럽게 생각하고 있다는 걸."

자식들을 떠나보낸 귀농2호는 자기가 한 말에 대한 생각에 잠겼습니다. 말을 해놓고 보니 자신이 아이들에게 해준 말은 바로 귀농이 자기에게 해준 말과 같았기 때문입니다. 마치 뭔가가 귀농에게서 그에게로 그리고 그에게서 그의 아이들에게로 흐르고 있는 것 같았습니다. 그는 귀농 역시 자신의 마음속을 떠난 적이 없으며, 세상은 모두 연결되어 있다는 것을 강렬하게 느낄 수 있었습니다.

'나라는 건 도대체 어디에 있는 것일까? 이 세상과 분리될 수는 있는 걸까?'

귀농2호는 자식들이 떠나간 쪽을 바라보면서 생각을 계속했습니다. 애초에 이 작은 몸뚱어리가 나라고 생각하는 것은 어리석은 일이었습니다. 그런 생각은 우리로 하여금 소중한 것을 잊어버리게 만드는 착각이었습니다.

'내 날개가 찢긴다면 나는 분명 아플 것이다. 따라서 나는 내 날개가 나의 일부라는 것을 알게 된다. 그러나 그렇게 말한다면 나라는 것은 이 몸만을 말하는 것일 수 없다. 내가 사랑하는 저 아이들에게 뭔가 나쁜 일이 생긴다면 그 또한 나에게 아픈 일이 될 것이기 때문이다. 따라서 내가 곧 이 육체이므로 이 육체를 즐겁게 만드는 것이 나를 위하는 길이라 판단하고 행동한다면 나는 결국 진정한 나를 고통스럽게 만들게 된다. 그것은 스스로 나의 날개와 다리를 잘라내고 나를 보다 작고 무의미하며 아무

것도 느낄 수 없는 존재로 만드는 것이나 마찬가지다.'

귀농2호는 나란 무엇인가에 대한 생각에 오랜 동안 잠겨 있었습니다. 그리고 마침내 그 생각을 마치고 고개를 들었습니다. 달라진 것은 없었습니다. 하지만 귀농2호에게 이 세상은 왠지 전과는 많이 달라져 보였습니다. 산도 나무도 다른 닭들도 마치 처음 보는 것처럼 어딘가 낯설었습니다. 그는 이제 그들에 대해 보다 더 많은 것을 배우고 싶어졌습니다. 귀농2호는 철학을 하는 닭이 되었습니다.

4부

현명한 닭

동닭과 서닭

　어느 한 숲의 깊숙한 구석에는 자유로운 닭들이 사는 땅이 있었습니다. 그 땅의 동쪽 편에 사는 닭들은 스스로를 동닭이라고 불렀고 서쪽 편에 사는 닭들은 스스로를 서닭이라고 불렀습니다. 동닭과 서닭은 모두 닭장에 갇혀 사는 닭들을 자유롭게 만들겠다고 말했지만 그 방법만큼은 서로 달랐습니다.

　동닭은 모든 닭들이 힘을 모아 황금닭을 만들어내야 닭들이 자유로워질 수 있다고 주장했습니다. 보통의 닭은 어리석기 때문에 황금닭이 나와야 그 닭을 중심으로 모든 닭들의 힘을 하나로 모을 수 있으며, 그래야 인간에게 충성하는 어리석은 닭들을 무찌를 수 있기 때문이라는 것이었죠.

동닭들은 말하곤 했습니다.

"닭의 본성은 하찮은 것입니다. 그리고 우리는 갈 곳 잃은 어리석은 닭들에 지나지 않습니다. 이 세상 대부분의 닭들이 이처럼 비참하게 사는 이유는 우리에게 황금닭이 없기 때문입니다. 오직 황금닭을 만들어내고, 그 황금닭의 울음소리가 세상에 울려 퍼질 때 어리석고 하찮은 닭들은 자유롭고 행복한 닭으로 살 수 있게 될 것입니다."

서닭도 닭들을 자유롭게 만들기 위해서는 힘을 모아야 한다고 말했지만, 그렇게 힘을 모으기 위해 닭들이 먼저 해야만 하는 것은 하나의 춤을 완성하는 일이라고 주장했습니다. 그들은 닭 한 마리 한 마리가 규칙을 배워서 5백 마리의 닭이 동시에 뛰어올라 하나처럼 춤출 때 세상의 모든 닭들이 자유로워질 수 있다고 믿었습니다.

서닭들은 말하곤 했습니다.

"닭의 본성은 위대합니다. 우리는 그 위대함을 믿고 닭들의 춤을 완성시켜야 합니다. 5백 마리의 닭이 동시에 뛰어올라 하나처럼 춤추는 그날, 바로 닭춤이 완성되는 그날, 이 세계의 모든 닭들은 닭장에서 자유로워질 것입니다."

그러나 지금까지는 동닭도 황금닭을 만들어내지 못했을 뿐만 아니라 서닭도 5백 마리의 닭춤은 완성하지 못했습니다.

사실 그들이 황금닭을 만들어냈다거나 닭춤을 완성했다고 주장하던 때가 없던 것은 아닙니다. 하지만 그들은 얼마 지나지 않아 자신들이 이번에 만들어낸 황금닭이나 닭춤은 진짜가 아니라며 스스로 그것들을 부정하고는 했습니다. 그 이유는 명확했습니다. 황금닭이 출현하거나 닭춤이 완성되면 세상의 모든 닭들이 자유로워져야 되는데, 그렇게 되지 않았기 때문입니다. 그러므로 그 황금닭이나 닭춤은 제대로 된 것일 리가 없었습니다. 그들은 곧바로 황금빛이 더욱 눈부신 닭을 만들어야 한다고, 더 많은 닭이 추는 완벽한 닭춤을 완성해야 한다고 주장했습니다.

처음에는 동닭은 닭털에 약간의 노란빛만 돌아도 황금닭이라고 했습니다. 서닭도 그저 50마리 정도만 모여서 춤을 추어도 그것을 닭춤이라고 했다고 합니다. 하지만 그 기준은 점점 높아졌습니다. 그리고 이제는 눈부신 황금빛 털이 있어야 황금닭으로 인정받을 수 있었고, 5백 마리가 허공에서 동시에 일사불란하게 공중제비를 도는 춤이어야만 진정한 닭춤이라고 말했습니다. 물론, 그것은 정말로 어려운 일이었습니다. 황금색은 언제

나 완전하지 못했고 춤을 틀리는 닭은 항상 있었으니까요.

황금닭을 완성하지 못한 동닭들은 세상을 구하지 못한 것에 책임을 느끼며 괴로워했습니다. 자신들의 희생과 노력이 부족했음이 분명했기 때문입니다. 그들은 하루빨리 황금닭을 만들어야만 했습니다. 닭춤을 완성하지 못한 서닭들도 마찬가지로 스스로를 자책했습니다. 되도록 빨리 모든 잡념을 그들의 머리에서 몰아내고 모두가 함께 기계처럼 춤을 출 수 있게 되기를 바랐습니다.

실패는 계속 되었습니다. 그럴수록 목표를 달성하기 위한 그들의 노력은 오히려 더 치열해졌습니다. 진정한 황금닭이나 진정한 닭춤은 오직 갖고 있는 모든 것을 투자하는 완벽한 희생 속에서만 탄생할 수 있는 것이었습니다. 미적지근한 태도로는 절대 그것들에 도달할 수 없었습니다.

시간이 지나면서 동닭과 서닭은 점점 더 서로를 미워하기 시작했습니다. 아무리 해도 목표에 도달할 수 없자 그들은 각각 자신들은 할 만큼 했는데 다른 닭들이 바보 같아서 그 목표에 이를 수가 없다고 믿기 시작했기 때문입니다.

동닭들은 말했습니다.

"황금닭의 출현을 위해서 여러 훌륭한 닭들은 금식과 기도를 하고 있습니다. 또 모든 황금닭의 자질을 가진 닭들이 새로운 병아리를 만들어내도록 격려하고 그들을 키우는 일에 몰두하고 있습니다. 하지만 저 서닭들은 다른 닭들에게 바보 같은 춤이나 추라고 말하고 있습니다. 미천한 갈색의 닭들이 무슨 춤을 추건 세상이 좋아질 이유는 하나도 없는데 말입니다. 결국 세상은 황금닭이 만들어가는 것입니다!"

서닭들은 말했습니다.

"어떤 닭이든 닭춤 안에서는 그저 하나의 참여자일 뿐입니다. 황금닭이든 혹은 하얀 닭이든 그건 중요하지 않습니다. 사실 동닭이 말하는 황금닭이란 색소를 지나치게 많이 가지고 태어나서 자기만이 특별하다고 믿는 병든 미친 닭에 지나지 않습니다. 과대망상에 빠져 있는 것입니다. 황금닭을 만들어내고 그것을 숭배하는 일은 우리 닭들을 모두 비참하게 만듭니다. 무엇보다 오백 마리의 닭춤을 위해서 우리는 단 한 마리의 닭도 낭비할 수가 없다는 것을 기억해야 합니다. 저런 미신으로 닭들을 타락시키는 동닭들이야 말로 닭춤의 완성을 막고, 나아가 세상의 닭들을 자유롭게 하는 일을 불가능하게 만들고 있습니다!"

그렇게 동닭과 서닭으로 나뉘어 닭들이 싸우고 있는 땅의 남쪽 구석에는 홀로 떨어져 살고 있는 닭 귀농2호가 있었습니다. 그는 다가올 변화의 바람을 기다리고 있었습니다. 그는 단순하고 조용하게 자기 마음이 꼭 필요로 한다고 여겨지는 일만 하면서 살았습니다.

우선 날마다 필요한 만큼 운동을 했습니다. 그리고 생각을 하면서 산책을 했고, 아내인 자유201호를 포함해서 자신의 가족 모두가 행복해질 수 있도록 노력했습니다. 산책을 하지 않을 때면 눈을 감고 명상을 하면서 변화의 바람이 불어오기를 기다렸습니다. 그러면서 그는 무엇보다 사랑의 의미를 깨닫게 되기를, 합리적으로 산다는 것이 무엇을 말하는 것인지를 이해하게 되기를 간절히 바랐습니다.

귀농2호에게는 중닭이 되자마자 떠나보낸 아이들이 있었습니다. 그들은 동닭이 되기도 하고 서닭이 되기도 했지만, 가끔씩 그와 아내가 사는 곳으로 와서 자기들이 사는 이야기를 들려주었습니다. 그럴 때면 가족들은 다 같이 함께 물을 마시고 먹이를 먹었습니다.

아이들은 아버지가 고집이 너무 세고 단순해서 시대에 뒤졌다고 생각했습니다. 어릴 때는 아버지가 모든 것을 알고 있다고 생각했지만, 아버지의 마당을 떠난 후 얼마 지나지 않아 이제는 아버지보다 자기들이 더 많은 것을 알고 있다고 생각하게 되었습니다. 그들은 각자 무척이나 현명하고 아는 것이 엄청 많은 동닭들이나 서닭들을 만났기 때문입니다. 그들은 아버지가 말했던 것보다 더 편한 방법들을 말해 주었습니다. 어떤 문제든 그에 대한 빠르고 확실한 답을 가지고 있었습니다.

그에 비하면 아버지는 세상일에 대해 묻는 아이들에게 그냥 잘 모르겠다고 말하는 일도 많았습니다. 그렇지 않을 때도 아버지는 간단한 문제를 복잡하게 만드는 경우가 많았습니다. 아버지는 이렇게 말하고는 했습니다.

"너무 쉽게 답을 말하지 마라. 다만, 선택을 해야 할 순간이 되면 자기 마음에 따라 단호하게 선택하고, 선택 이후에는 자기 선택을 의심해서는 안 된다. 하지만 시간이 있다면 단순해 보이는 문제도 '이건 당연히 이거지.'라는 식으로 서둘러 선택해서는 안 돼. 충분히 시간을 쓰고 답을 선택하는 거야. 어떤 것도 당연한 것은 없단다."

그러나 적어도 아버지의 마당에서만큼은 아이들은 아버지의 말에 항상 귀를 기울였습니다. 무엇보다도 그들은 아버지를 사랑했고, 화목한 가족을 만들고 유지해 준 그를 여전히 존경했기 때문입니다. 가족들 사이에서는 화목하기만 하다면 대화의 주제가 무엇이든, 말싸움에서 누가 이기든 상관이 없었습니다. 하루는 말싸움에서 이기려고 하는 아이들에게 아버지가 말했습니다.

"가장 중요한 것은 대화의 목적을 잊지 않는 것이지. 지금 우리가 하는 대화는 즐거운 시간을 가지며 서로에 대해 알기 위한 것이다. 누가 이길 것인가를 결정하기 위해 대화를 하는 게 아냐. 이건 즐거운 게임 같은 것이지. 우리는 게임에 몰두하더라도 게임의 바깥쪽도 있다는 것을 잊어서는 안 돼."

아버지의 마당에서는 항상 가장 중요한 것이 잊혀지지 않는 느낌이있습니다.

귀농2호는 날마다 그저 그렇게 단순하고 행복하게 살고자

했습니다. 하지만 막연하게나마 영원히 그럴 수는 없으리라는 것을 느끼고 있었습니다. 무엇보다 스스로도 변해 가고 있었습니다. 게다가 아내인 자유201호도 한적한 장소에서 조용하게 지내는 삶을 점차 지루해했으니까요.

그녀는 한때 가장 빨리 달리는 닭이 될 거라며 칭찬이 자자했던 남편 귀농2호가 자유로운 닭들을 위한 땅에서 다시 다른 닭들과 달리기 시합을 했으면 하고 바랐습니다. 가장 빠른 닭, 제일 큰 존경을 받는 닭의 아내가 되고 싶었기 때문입니다.

귀농2호는 변화의 바람이 점점 거세지고 있음을 느꼈습니다. 그것은 어쩌면 자신이 기다려왔던 그 바람일지도 몰랐습니다. 변화의 순간이 오면 그는 더 이상 지금처럼 살 수 없을 것 같았습니다. 다른 닭들은 흔히 더 빨리 변하는 것이 좋다고 말하지만, 그것이 그저 좋은 일이기만 할지 그는 알 수가 없었습니다.

귀농2호의
아이들

　언제나 시시껄렁한 농담으로 결론 없이 끝나고는 했지만, 동닭과 서닭으로 나뉜 아이들은 귀농2호의 마당에서도 서로 다투는 일이 점점 잦아졌습니다. 그들의 세계에서 동닭과 서닭 간의 논쟁이 점점 더 격해졌기 때문입니다. 동닭과 서닭은 어느새 세상의 닭들을 자유롭게 만들기 위해 가장 먼저 해야 할 일은 서로를 없애는 것이라고 믿게 되었습니다.

　양쪽의 말은 똑같았습니다.

　"저것들이 없어져야 세상이 좋아질 텐데……."

　대립이 심해지자 서닭은 동닭 중의 일부인 비열하고 이기적인 닭들의 문제를 동닭 모두의 문제인 양 말했습니다.

"동닭은 정말 멍청하고 악의적인데다가 자기밖에 모르는 것들이지."

동닭 역시 서닭 중 가장 나쁜 닭들의 문제를 서닭 모두의 문제인 양 말했습니다.

"서닭은 춤을 추지 못하는 닭들을 보고 비웃고, 서로 자기 춤 동작이 맞다며 싸우기만 하는 싸움쟁이들이라니까!"

비난과 논쟁은 점점 심해졌습니다. 그러다 심지어 폭력을 사용하기 시작했습니다.

이제 귀농2호를 만나게 되면 아이들은 물었습니다.

"아버지. 아버지는 동닭입니까, 서닭입니까?"

귀농2호는 흥분을 참지 못해 머리를 흔들면서 발을 동동 구르는 아이들을 쳐다보았습니다. 그들은 '그저 가족만 생각하면서 목숨만 유지하며 살 수는 없다.'라든가 '뭔가 위대한 것을 성취하기 위해 노력하며 살아야 하지 않느냐.'라며 자신을 다그치고 있었습니다. 귀농2호는 그런 아이들에게 좀처럼 대답을 하지 않았습니다.

그러던 어느 날 그는 솔직하게 말했습니다.

"나는 잘 모르겠다. 내가 본 닭 중 가장 훌륭한 닭은 귀농이란 닭이었는데, 그 닭은 자기가 꼭 해야만 하는 일이 있다면 방법이 생길 때까지 마냥 기다리지 않았다. 귀농은 다른 닭들을 구하기 위해 황금닭을 기다리지도, 닭춤이 완성되기를 기다리지도 않았다. 그냥 그 순간에 할 수 있는 것을 할 뿐이었지. 다른 닭들을 자유롭게 만들어야 한다고 생각했다면 아마 그는 곧장 닭장 근처로 가서 닭들을 구해내거나 길 잃은 닭들을 도와주었을 것이다. 닭이 꼭 동닭이나 서닭이 되어야만 닭들을 자유롭게 할 수 있는 걸까?"

"하지만 그래서 그 귀농은 일찍 죽었다고 말씀하시지 않았습니까?"

아들 귀농7호가 물었습니다.

"맞아요. 혼자보다는 닭들이 모여서 협동을 해야죠. 그리고 생각도 하고 계획도 세워야죠. 혹시 우리 모두 아무 대책도 없이 귀농처럼 살자는 말은 아니죠? 왜 아버지는 아직 건강하고 빨리 달릴 수 있는데도 여기서 이렇게 살고 계신 건가요? 아버지는 다른 닭들이 걱정되지도 않나요?"

또 다른 자식인 귀농5호도 귀농2호를 다그쳤습니다. 세상

대부분의 일에 대해 잘 모른다고만 하는 귀농2호와는 달리 아이들은 예측하고 계획하는 것을 좋아했습니다.

귀농2호가 보기에 동닭과 서닭의 가장 큰 차이는 '닭이란 무엇인가?'에 대해 의견이 다르다는 점이었습니다.

근본이 천하고 어리석은 닭들은 오직 스스로 그것을 깨닫고 위대한 황금닭의 지도를 받을 때에만 자유로운 닭이 될 수 있다고 생각하는 동닭은 썩어빠진 새 새끼들이라는 말을 입버릇처럼 되뇌고는 했습니다. 또 스스로를 죄인이라고도 자주 불렀는데, 보통의 닭들을 하찮은 존재라고 말하면 말할수록 황금닭의 필요성과 위대함이 더욱 빛나기 때문이었죠. 사실 그들의 주장에 따르면 닭이란 애초에 황금닭을 만들어내고 모시기 위해 태어난 존재에 지나지 않았습니다. 오직 황금닭만이 중요했으며 모든 일은 황금닭이 이루어나가는 것이었습니다.

반면, 서닭은 닭의 본성은 원래 위대하다고 믿었습니다. 다만, 잘못된 교육 때문에 닭들이 자기를 잊고 있을 뿐이라는 것입니다. 일단 닭들이 자유로움에 익숙해지기만 하면 그 위대함은 저절로 나타날 것이라고 서닭은 말했습니다. 모두가 함께 춤을 출 수 있는 닭춤을 만들어내면, 그래서 수백 마리의 닭이 다 함께 그 닭춤을 추는 날이 온다면, 닭의 위대한 본성은 모든 닭들을 자유롭게 할 거라고 그들은 생각했습니다.

서닭들은 어느새 세상의 모든 일들을 항상 닭춤과 연결시켜 이야기하게 되었습니다. 그들에게 닭이 위대하다는 가장 큰 증거는 바로 닭이 군무를 출 수 있다는 사실이었습니다. 그들은 달리기나 뛰어오르기에서 우수할 때는 물론이고, 누군가가 멋진 말만 해도 "훌륭한 닭춤의 감성이로군." 하고 말하곤 했습니다. 이 세상이 엉망이라고 믿을수록 서닭들은 더욱 더 완벽한 닭춤을 추는 군중이 되어야 한다고 생각하게 되었습니다. 그들에게 있어서 닭이란 원래부터 닭춤을 추기 위해 태어난 존재로 변해 있었습니다. 때문에 그들은 닭춤을 추지 않는 닭들을 미워했습니다.

결국 '닭이란 무엇인가?'라는 질문에 어떻게 답하고 어떻게 믿는가에 따라 세상에 대한 예측과 계획이 각각 달랐습니다. 비가 올 거라고 믿으면 우산을 챙기고, 오지 않을 거라고 믿으면 우산을 챙기지 않는 것이나 마찬가지였습니다.

그러나 동닭과 서닭들은 각자가 생각하는 닭의 본성에 대한 믿음이 너무나 확고했습니다. 그래서 그들은 자신들이 무엇을 믿고 있다는 것조차 몰랐습니다. 그저 '본래', '원래' 같은 말을 쓰면서 당연하게 생각할 뿐이었습니다. 닭이란 원래 어리석다든가 본래 위대한 존재라는 말을 당연하다는 듯이 했던 겁니다.

귀농2호가 이런 점들을 지적하자 자식 중 가장 똑똑하면서도 조용했던 귀농5호가 고개를 숙이고 땅을 보면서 생각에 빠졌습니다. 이윽고 그는 머리를 들고 말했습니다.

"아버지의 말씀이 옳습니다. 서닭과 동닭의 다른 점은 닭에 대해 서로 믿는 것이 다르다는 거죠. 정반대의 주장을 하면서 서로 그것이 당연하다고 우기고 있어요. 저도 마찬가지입니다. 아버지는 닭이 뭔지 모르겠다고 하시지만 저는 닭이 위대한 존재임을 믿습니다. 그리고 이 믿음을 포기할 수가 없습니다. 이 믿음만이 이 불확실한 세상에서 제가 해야 할 일을 가르쳐주기 때문이죠. 저는 더 많은 닭들을 돕고 싶습니다."

귀농2호는 선량하고 사랑스러운 귀농5호를 쳐다보았습니다. 그의 맑은 눈이 깨끗한 마음을 나타내듯 초롱초롱 빛나고 있었습니다. 하지만 그는 서닭인 귀농5호뿐만 아니라 동닭인 귀농7호도, 다른 자식들도 모두 사랑했습니다.

"나는 너희들을 포함해서 모든 닭들이 귀농처럼 살아야 한다고 생각하지 않는다. 또 나처럼 살아야 한다고도 생각지 않는다. 다만, 나는 이제까지 기다려 왔을 뿐이다. 내게 어떤 변화의 바람이 불어올 때까지 말이야. 그 바람이 내가 뭘 해야 하는

지, 왜 나는 당장 다른 닭들을 자유롭게 해주기 위해 달려가지 않는지를 가르쳐줄 때까지 말이다. 아마도 나는 아직도 뭔가에 매여 있는 것 같다. 나는 이제까지 좋은 남편이자 좋은 아버지가 되고자 노력했으며 나 스스로를 자유롭게 만들고자 노력했다. 하지만 아직 어떤 결과가 있는 것은 아니구나."

귀농2호는 말을 잠시 멈추고 아이들을 둘러보았습니다. 서닭이 된 귀농5호와 동닭이 된 귀농7호가 눈에 들어왔습니다. 자식은 누구든 다 귀했지만 그들은 특별히 더 사랑스러웠습니다. 감사하게도 자신의 말을 가장 많이 이해해 주고 대화에 응해 준 아이들이었습니다.

솔직히 말해 귀농2호는 닭장 속에서 살던 시절에도, 닭장 밖을 나온 후에도 어리석고 탐욕스러운 닭들을 지긋지긋하도록 많이 보아왔습니다. 그들은 아무것도 모르면서도 무슨 일이든 확신에 차서 다른 닭들을 밀쳐내는 닭들이었습니다. 그들을 보고 있노라면 닭들의 세계에 자유나 행복은 과분한 것일지 모른다는 생각도 들었습니다. 때로는 그런 그들이 불쌍하기도 했고, 때로는 그들에게 분노를 느끼기도 했습니다. 그런 닭들은 너무나 많았고 그들은 너무나 심하게 눈이 멀어 있었습니다.

그럼에도 귀농5호의 발처럼 모든 닭은 귀하고 위대한 존재일지도 몰랐습니다. 무엇보다 자기가 사랑했던 귀농이 그것을 보여주었으니까요. 귀농이 자신에게 준 가장 큰 선물은 닭도 위대한 존재가 될 수 있다는 것, 매일 모이나 먹고 똥이나 싸면서 단지 고기와 달걀만을 생산하는 존재가 아님을 보여준 것이었습니다. 또한 귀농2호로 하여금 누군가를 순수하고 강렬하게 사랑하는 감정을 처음으로 느끼게 해주었습니다. 그는 황금닭도 아니었고 사회적으로 성공한 닭도 아니었는데 말입니다. 귀농 2호는 자유로운 닭들을 위한 땅에 도착했을 때, 귀농 같은 닭을 아무도 알지 못한다는 사실에 놀랐습니다. 귀농은 결국 매우 특이한 닭이었습니다. 그는 다른 닭과는 달랐으니까요.

그렇게 보면 결국 동닭이 옳은 것인지도 몰랐습니다. 귀농과 같은 닭을 중심으로 뭉쳐야 닭들이 강해질 수 있을 테니까요. 털의 빛깔 따위와는 상관없이 말입니다. 모두가 귀농이 시키는 대로 산다면 이 세상은 훨씬 더 좋은 세상이 될 것이 분명해 보였습니다.

그러나 한편으로는 서닭의 말이 맞는 것 같기도 했습니다. 따지고 보면 그것이 귀농이 말없이 가르쳐준 것이었습니다. 그는 다른 닭들을 지배하고 이끄는 대신 단지 한 번의 실천으로 귀농2호 같은 닭을 한 마리 더 구했습니다. 귀농은 그에게 자기 곁에 머물면서 자기가 시키는 대로 살라고 말하지 않았습니다. 자기 자신으로 살기 위해서는 스승을 떠나야 한다고 말하는 닭이었습니다. 그는 자기의 목숨이 천 마리, 만 마리의 목숨만큼이나 가치 있다고도 말하지 않았습니다. 오히려 자신의 생명을 빼빼 마른데다가 아무것도 모르는 초라한 닭, 닭장을 벗어난 지 얼마 되지 않은 닭 귀농2호의 목숨과 바꾸었습니다. 귀농2호는 스스로에게 수없이 말하곤 했습니다. 자기 대신에 귀농이 살았더라면 얼마나 많은 닭들이 도움을 받을 수 있었을까 하고 말입니다.

하지만 귀농은 그런 계산은 하지 않았습니다. 자기 같은 닭 한 마리로는 충분치 않으며 세상을 자기와 같은 닭들로 채울 때만이 좋아질 거라고 말하고 있는 것 같았습니다. 모든 닭이, 귀농2호처럼 볼품없는 닭조차도 자기처럼 될 수 있다고 그는 믿었던 것 같았습니다.

한동안의 침묵 끝에 귀농2호가 말했습니다.

"나는 역시 아직 닭이란 뭔지 모르겠다. 귀농처럼 위대한 닭도 있지만 어리석고 비열한 닭이 훨씬 더 많은 게 사실이기도 해. 왜 어떤 닭은 그토록 위대할 수 있는데 어떤 닭은 그다지도 어리석은 것인지, 어리석은 닭을 현명한 닭으로 만드는 건 뭐지 나는 여전히 잘 모르겠구나."

그 말을 마지막으로 그는 더 이상 말하지 않았습니다.

귀농5호와 귀농7호는 아버지의 말에 크게 실망한 듯했습니다. 그들은 서로에 대해 반대했지만 아버지처럼 아무 행동도 대책도 없이 사는 것으로는 아무것도 이룰 수 없다는 데에 있어서만큼은 같은 생각을 가지고 있었으니까요. 그들에게 아버지는 동닭 아니면 서닭이 되어야 했습니다. 진리는 하나이기 때문입니다. 그들은 실망한 채로 아버지의 마당을 나왔습니다.

떠나는 아이들을 보면서 귀농2호는 또다시 변화의 바람이 부는 걸 느꼈습니다. 그것은 그가 기다리고 기대하던 따뜻하고 시원한 바람이 아니라 모든 걸 삼킬 듯한 먹구름과 함께 불어오는 비바람 같았습니다. 그리고 불행히도 그 예감은 들어맞았습니다.

여느 때처럼 산책을 나갔다가 돌아오는 길이었습니다. 귀농2호는 아내인 자유201호가 뭐라고 말하면서 울부짖고 있는 것을 발견했습니다. 동닭과 서닭 사이에서 벌어진 큰 싸움의 와중에 귀농5호가 죽었다는 것입니다!

귀농5호는 닭들의 싸움을 말리고 싶었습니다. 그는 부리에

찍히고 발톱에 긁히면서도 이미 흥분할 대로 흥분해 제정신이 아닌 동닭들과 서닭들의 싸움 한가운데로 계속 뛰어들었습니다. 그리고 닭의 위대함을 믿는다면서 아무런 방어도 하지 않았습니다. 스스로 맞아죽는 길을 선택했던 겁니다.

귀농5호의 죽음으로 싸움은 멈췄습니다. 그의 죽음은 많은 닭들에게 충격을 주었습니다. 오로지 황금닭만이 위대하다고 말하는 동닭들은 당혹감에 어쩔 줄 몰랐습니다. 모두가 귀농5호의 위대함을 보았지만 그는 어떻게 해도 황금닭이 아니었습니다. 그들은 뭔가 변명거리를 내놓기 위해 귀농5호의 몸 구석구석을 자세히 살펴보았지만 그 어느 곳에서도 황금빛은 보이지 않았습니다. 귀농5호는 동닭들이 말하는 천한 닭일 뿐이었습니다.

닭의 위대함을 믿는다는 서닭들도 오직 폭력으로만 그걸 증명하려 했던 자신들의 모습을 돌아보면서 스스로 자기들의 믿음을 부정하고 있었다는 사실을 깨달았습니다. 귀농5호야 말로 진정한 서닭으로 행동하고 있었습니다. 그의 죽음은 모두가 똑같이 평등하다는 서닭들의 신념을 흔들어 놓았습니다. 서닭들은 닭이 위대하다고 입버릇처럼 말하면서도 속으로는 그렇게 믿지 않았을 뿐만 아니라 다른 닭들은 모두 멍청하다고 생각하

고 있었습니다. 닭의 위대함을 진심으로 믿지 않았던 거죠. 서
닭들은 진정으로 위대한 닭, 진정한 서닭인 귀농5호의 죽음을
보고 나서야 자신들 스스로의 모습을 확인할 수 있었습니다. 자
신들은 진정한 서닭이 아니었습니다. 동닭과 했던 싸움은 무의
미한 말장난, 허세 섞인 말싸움에 불과할 뿐이었습니다.

　귀농7호는 싸움의 흥분이 가라앉자 형이 죽었다는 사실에
충격을 받고 어디론가 사라져 버렸고, 동닭과 서닭의 싸움은
그렇게 비극으로 끝이 나고 말았습니다.

　귀농2호는 가슴이 매우 아팠습니다. 아버지로서 아무것도
해주지 못해 아이들이 그렇게 되었다는 생각을 하니 자신이 한
없이 원망스러웠습니다.

　'아이들은 닭이란 무엇이냐고 내게 물었다. 그런데 나에
게는 왜 답이 없었을까? 닭들은 꼭 싸워야만 했던 걸까?'

　귀농2호는 울다 지친 자유201호를 안정시켜 재우고 난 뒤에
도 밤이 새도록 잠을 이루지 못했습니다. 물도 먹이도 먹을 수
가 없었습니다. 무엇보다도 혼란스러운 것은 자신이 동닭과 서
닭 모두를 미워하고 있다는 사실이었습니다. 이유야 어떻든 셜

국 사랑하는 아이 귀농5호가 그들에 의해 죽었으니까요. 그는 초롱초롱 빛났던 귀농5호의 눈을 잊을 수가 없었습니다. 그리고 그만큼 자유로운 닭들이 사는 땅의 닭들을, 아니 나아가 세상의 모든 닭들의 어리석음을 미워하고 원망했습니다. 그들이 그처럼 어리석지만 않았더라면 귀농5호는 아직도 살아 있을 것이기 때문입니다.

물론, 귀농2호도 그 비극이 귀농5호 스스로의 선택에서 비롯되었음을 알고는 있었습니다. 하지만 그렇다고 해서 전처럼 다른 닭들을 아끼고 걱정하는 마음이 다시 생겨나지는 않았습니다. 오히려 그들을 사랑할 수도, 미워할 수도 없어서 가슴이 터져 나갈 것처럼 답답했습니다.

'우리들 닭이란 도대체 무엇일까?'

어느새 아침이 밝아오고 있었습니다. 귀농2호는 그만 다시 길을 잃어버리고 말았다고 느꼈습니다.

두꺼비들이
가르쳐 준 것

　귀농2호는 아무리 생각에 생각을 거듭해도 닭이란 무엇인지 알 수가 없었습니다. 끝내 답을 못 찾은 그는 자유201호를 홀로 두고 여행을 떠났습니다.

　여행은 힘들었습니다. 하지만 그럼에도 고된 여행을 계속하는 이유는 마음이 너무 아팠기 때문입니다. 그는 여행의 고단함이 자신의 마음을 둔하게 만들어 비극적인 과거를 잊어버릴 수 있게 되길 원했습니다. 하지만 기억에서 사라진 듯하다가도 잠시라도 한 곳에서 멈춰 있으면 다른 닭들에 대해 느끼는 허탈감과 실망감이 가슴속에 다시 차올랐습니다.

그는 여행길에서 만나는 동물들에게 '닭이란 무엇인지, 어리석은 닭들을 현명하게 만들 방법은 없는지' 물어보았습니다. 하지만 그다지 신통한 답을 듣지는 못했습니다. 닭이란 무엇인가를 고민한다는 말을 듣고 난 대부분의 닭들은 귀농2호를 이상한 닭이라며 무시하거나 비웃었습니다. 몇몇은 지혜롭다는 닭들을 소개해 주었지만 그들이 말한 답들에는 뭔가 핵심이 빠져 있다는 느낌이 들곤 했습니다. 더구나 그들은 서로 다른 이야기를 하면서 각자 자신의 답이 옳다고 믿고 있었습니다.

'그들이 어리석다고는 할 수 없지. 실제로 대부분의 닭들이 그런 건 아니겠지만 몇몇 닭들은 이 문제에 대해 많은 생각을 해왔을 거야. 그런데 그 지혜롭다는 닭들의 답은 왜 서로 다른 걸까? 거기에 빠져 있는 건 뭘까?'

귀농2호는 자신이 가장 사랑했으며 지혜로웠던 닭 귀농이 사무치게 그리웠습니다. 지혜롭다는 다른 닭들은 확실히 존경받을 만한 지식과 지혜를 가졌을지는 모르겠지만 귀농과는 달랐습니다. 그 답이 무엇이든 귀농이라면 다른 방식으로 말했을 거라는 걸 짐작할 수 있었기 때문입니다.

귀농을 그리워한 탓인지 하루는 꿈속에 귀농이 나타나기까지 했습니다. 그는 귀농에게 "닭이란 도대체 무엇입니까?" 하고 물었습니다. 그런데 귀농은 그저 다정한 눈빛으로 바라만 볼 뿐 아무런 대답도 해주지 않았습니다. 귀농이라면 모르는 것은 분명 모른다고 할 터였습니다. 그러므로 귀농의 침묵은 답을 알고 있다는 뜻이나 마찬가지였습니다. 그는 귀농에게 왜 아무 말이 없느냐고, 왜 말해 주지 않느냐고 간절히 물었지만 귀농은 끝내 아무런 대답도 하지 않았습니다.

꿈에서 깨어나면서 비로소 그것이 꿈이란 걸 안 귀농2호는 귀농이 왜 답을 해주지 않았는지를 깨달았습니다.

'답을 줄 리가 없지. 내 꿈 안에 있던 귀농은 결국 나 자신이니까. 내가 답을 모르는데 꿈속의 내가 어떻게 대답을 해줄 수가 있겠어.'

귀농2호는 자신의 꿈을 그렇게 이해했습니다. 사실 귀농은 "진정한 친구는 언제 어디서나 서로를 만날 수 있으며, 보이는 것만을 믿지 말라."고 말한 적이 있었습니다. 하지만 귀농2호는 그걸 잊고 있었습니다.

귀농2호가 두꺼비들이 사는 연못을 지날 때였습니다. 그곳에는 몸 한가운데에 희미한 선이 있는 두꺼비와 선이 없는 두꺼비 두 종류가 살고 있었습니다. 그 연못에서 선이 있는 두꺼비는 유선자로, 선이 없는 두꺼비는 무선자로 불렸습니다. 사실 그에게는 유선자나 무선자나 자세히 봐야 보일 듯 말 듯한 희미한 선 말고는 별 차이가 없었습니다. 그럼에도 그들에게 어느 두꺼비가 유선자인지 무선자인지는 매우 중요했습니다.

유선자 두꺼비들은 무선자 두꺼비들의 먹이를 대부분 빼앗아 먹고 있었습니다.

"왜 유선자만이 그렇게 많이 먹어야 하는 건가요?"

귀농2호가 유선자 두꺼비에게 물었습니다.

"그야 우리는 선이 있기 때문이지요."

유선자 두꺼비가 대답했습니다.

"선이 있다는 게 그렇게 중요한 겁니까?"

"그걸 말이라고 해요! 선도 없는 천한 것들이 어떻게 선이 있는 우리 유선자와 같은 대접을 받을 수가 있겠습니까! 무선자 암컷들은 온갖 술수를 부려 유선자 수컷을 유혹하려고 야단입니다. 자식들을 유선자로 낳기 위해서죠. 반면에 유선자 암컷들은 무선자 수컷 따위는 거들떠보지도 않지요. 선도 없는 천

한 두꺼비들은 우리 유선자가 다 먹고 남은 것을 먹게 돼도 고마워해야 합니다. 또 유선자가 있는 바위 쪽에는 무선자가 살 수 없습니다. 유선자와 무선자 사이에는 분명한 차이가 있어요. 무선자는 우리 유선자 같은 진짜 두꺼비가 아니니까요!"

흥분한 유선자 두꺼비는 고래고래 소리를 질러댔습니다.

'애초에 이름이 없고 구분이 없으면 다 같이 잘살 수 있는데, 거기에 동닭이니 서닭이니, 유선자니 무선자니 이름을 붙이고 나니 문제가 생긴다. 그렇게 구분을 하고 나면 세상도 그들을 나눠 다르게 대우한다. 그리고 거기에 진짜 차이가 생겨나고 마는 것이다. 결국 차이가 이름을 다르게 만들고 이름은 다시 그 이상으로 차이를 만들어낸다. 이름이란 건 정말로 세상을 이상하게 만드는구나.'

귀농2호는 이름을 붙이는 게 지긋지긋한 일이라는 생각이 들었습니다. 지옥을 만드는 가장 쉬운 방법이 있다면, 그것은 아마도 온갖 종류의 호칭을 세세하게 만들어내 서로를 다 다르게 구분하고, 다 다르게 부르는 일이 아닐까 싶었습니다. 그러면 그 호칭들이 알아서 자연스럽게 차별과 미움을 증폭시키다가 결국은 비참한 세상을 만들 것이기 때문입니다.

그리고 보니 똑똑하다는 말을 듣는 치들이란 세상의 여러 가지를 그저 대충 아는 것이 아니라, 그것에다 수없이 많은 이름을 붙인 후 그 이름들을 기억해서 구분하는 이들이었습니다.

'그렇다고 많은 걸 안다는 것이, 세상의 것들을 이름 붙여 구분하는 일이 꼭 해로운 일이라고는 말할 수 없다. 큰 닭과 작은 닭을 구분치 않고 늙은 닭과 병아리를 구분치 않는다면 바보 같은 짓을 하게 될 수도 있기 때문이다. 구분하는 일이 비극을 만들기도 하지만 구분하지 않는 일도 비극을 만든다.'

모두 함께 다 잘살려면 이름을 붙이지 말아야 한다는 생각이 들었지만, 한편으론 구분하지 않으면서 멍청하지도 않기는 쉽지 않아 보였습니다. 그것은 오직 이름을 붙이는 행위는 임시적인 일이며, 단순히 구분을 위한 도구에 불과하다는 사실을 항상 기억하고 있을 때만 가능해 보였습니다.

'둘을 알아도 그 둘은 본래 하나였던 것을 기억해야 한다. 그렇지 않으면 그 둘은 결국 원수가 되어 서로를 미워하게 되고 만다.'

귀농2호는 두꺼비들이 사는 연못을 떠났습니다.

숲에서 사는
카나리아

    귀농2호의 여행은 계속되었습니다. 발도 무척 아픈데다 털빛은 퇴색되어 희미해졌습니다. 지친 귀농2호는 집에서 자신을 기다리고 있을 아내 자유201호가 걱정되기도 했습니다. 그러던 어느 날 그는 울창한 나무 위에 사뿐히 앉아 있는 카나리아를 만났습니다.

    가지 위 카나리아가 그를 내려다보면서 말을 걸었습니다.

    "당신은 무척 지쳐 보이는군요."

    "맞습니다. 저는 사랑하는 아이를 잃고 나서 풀 수 없는 한 가지 의문이 생겼습니다. 그 답을 찾으려 세상을 돌아다니는데

좀처럼 여행을 끝낼 수가 없네요. 세상은 너무나 넓고 답을 찾기는 정말 어렵습니다."

"그랬군요. 그 의문이란 게 뭔가요?"

카나리아가 다시 물었습니다.

"그건 닭이란 무엇인가, 어리석은 닭들을 현명한 닭들로 만들 방법은 없는가 하는 것입니다."

귀농2호가 대답했습니다.

"그걸 왜 묻는 거죠?"

"닭들에게 걸맞은 삶을 찾기 위해서입니다. 우리가 훌륭한 삶을 시작하기 위해 가장 먼저 답해야 할 질문이기 때문입니다. 무엇보다 그래야만 제가 다른 닭들을 다시 사랑할 수 있을 것 같습니다. 저는 아이가 죽고 나서 제가 다른 닭들을 사랑할 수도, 미워할 수도 없게 된 현실이 무척이나 괴롭습니다."

한동안 말이 없던 카나리아가 마침내 입을 열었습니다.

"제가 그 질문에 대한 답을 줄 수는 없습니다. 하지만 그 질문을 들으니까 제 이야기를 잠깐 들려주고 싶어지는군요. 이야기를 해도 될까요?"

"현명한 분이 지혜를 나누어 주신다면 기꺼이 듣겠습니다."

귀농2호가 대답했습니다.

"보시다시피 저는 카나리아입니다. 닭도 마찬가지지만 카나리아라는 새도 대개 인간에 의해 길러지지요. 4백 년 전에 인간들이 카나리아제도라고 불리는 곳에서 우리 조상들을 데려온 이래 우리는 인간들의 애완용 새로 살아왔습니다. 광산에서 가스 유출을 탐지하는 일에도 쓰였기 때문에 카나리아는 희생 당하는 새의 이미지를 갖고 있기도 합니다. 물론, 우리는 낭창한 울음소리로도 유명하지요. 인간들은 카나리아의 울음소리를 좋아합니다. 그래서 그들은 암컷과 수컷 카나리아를 항상 갈라놓습니다. 암수가 같은 곳에 있으면 울지 않기 때문입니다. 인간들이 아름답다고 하는 우리의 울음소리는 창살 밖에 있는 짝을 부르는 우리들의 간절한 외침입니다.

만약 누군가가 '카나리아란 무엇인가?'라고 묻는다면 저는 지금까지 제가 말한 것처럼 답을 할 것 같습니다. 그리고 누군가가 '당신은 카나리아입니까?'라고 물으면 저는 그렇다고 대답할 수밖에 없을 것입니다. 그래서 저도 당신에게 '보시다시피 저는 카나리아입니다.'라고 먼저 말했죠.

하지만 이렇게 말하고 나면 카나리아가 아니라고 해야 할 것 같다는 생각도 듭니다. 저는 새장을 탈출해 숲에서 살고 있는 새이기 때문입니다. 저 역시 태어날 때부터 인간과 함께 살았습니다. 제가 새장 안에 있던 때 누군가가 '너는 누구냐?'라고 묻는다면 아마도 그냥 카나리아라고, 다른 카나리아와 다를 게 없는 평범한 카나리아라고 말했을 것입니다. 모든 것이 원래 그런데다가 새장 속 카나리아는 당연히 그랬으니까요.

그런데 어느 날 인간이 새장을 잠그는 것을 잊어버렸습니다. 저는 별로 탈출할 생각이 없었습니다. 카나리아는 원래 이렇게 사는 것이라고 생각하면서 그곳에서 사는 데 아주 익숙해졌기 때문입니다. 다만, 새장 바깥쪽에 대해 약간, 아주 조금의 호기심이 생기는 바람에 새장 바깥으로 나와 보았을 뿐이었죠. 그렇게 새장 밖으로 나와서 살게 된 저는, 적어도 처음에는 새장으로 돌아가는 길을 잃어버린 한 마리 새에 지나지 않았습니다.

하지만 그 이후 마치 작은 돌멩이가 거대한 산사태를 일으키듯 많은 일들이 벌어졌습니다. 살아야 했으니까요. 저는 숲에서 사는 방법을 배워야 했습니다. 먹을 것도 구하고, 위험한 것도 피하는 방법을 찾아야 했습니다. 그렇게 저는 숲에서 사는 새가 되었습니다.

제가 이런 말을 하는 이유는 새장에 사는 것과 숲에서 사는 것 중 어느 한 쪽이 좋다거나, 카나리아는 이렇게 살아야 한다거나 하는 이야기를 하려는 게 아닙니다. 단지 내가 누구인가

하는 물음이 내 주변의 환경을 빼놓고 나만 쳐다보아서는 답할
수 있는 게 아닌 것 같다는 말을 하고 싶은 겁니다.

몸만 보자면 저는 약간 늙기는 했지만 새장 안에서 살던 때
와 차이가 없습니다. 그런데 새장 속 저와 숲에서 사는 저는 너
무나 다릅니다. 지금 누군가가 저에게 '카나리아란 무엇인가?'
묻는다면 대답을 못하거나 한참을 머뭇거릴 것 같습니다만, 과
거 새장 안에 살던 때는 자신만만하게 대답했을 겁니다. 그렇
다고 그 새장 안에서 사는 새가 카나리아란 무엇인지, 자신이
어떤 새인지를 잘 알고 있다는 뜻은 아니겠지만요.

당신은 닭이란 무엇인가를 묻습니다. 저는 당신에게 묻고 싶
습니다. 당신은 어디에 놓인 닭을 말하는 겁니까? 어디에 어떻
게 놓인 닭인가를 빼놓고 그 질문을 할 수 있을까요? 만약 같
은 닭이라도 놓인 상황에 따라 다른 존재가 된다면 어떤 하나
의 답이 있을 수 있을까요?

당신이 닭이란 무엇인가를 물었을 때 분명 당신에게 자신만
만한 태도로 닭이란 이러저러한 존재라고 말해 주는 닭들이 있
었을 겁니다. 그런데 그 닭들은 자신이 놓인 자신의 새장은 보
지 못한 채 그저 모든 게 원래 그런 거라고 생각하기 때문에 자
신만만하게 답을 하는 것은 아닐까요?

바로 그렇게 자신만만하게 뭔가를 알고 있다는 착각, 그것이 우리를 한 곳에 머물게 합니다. 새장 안에서 살게 된 카나리아는 그 상태로 얼마간 시간이 지나면 '카나리아는 본래 새장 안에 사는 새'라고 생각하게 된다는 말입니다. 나아가 카나리아는 본래 새장 안에 사는 새이므로 그곳에서 사는 게 자연스러운 일이며, 새장 밖으로 나가는 행위는 잘못된 것이라고까지 말하게 됩니다. 따라서 누군가가 '카나리아는 무엇입니까?'라고 물으면, '카나리아는 새장 안에 사는 새'라거나 '새장이 만든 대로의 그 새가 카나리아'라고 답하게 되는 거죠. 새장 안의 카나리아는 새장을 보지 못하고, 자신의 새장을 보지 못하는 새는 자기가 누구인지 모르는 겁니다.

우연히도 새장 밖에서 살게 된 저는 그렇게 말하는 게 잘못되었다는 걸 깨달았습니다. 아니, 잘못되었다기보다는 전적으로 옳은 건 아니라는 말입니다. 자기 자신만 쳐다보고 있어서는 자기가 누구인지 답을 찾을 수가 없습니다. 우리가 생각하는 것 이상으로 우리는 우리의 주변을 비추는 거울이기 때문입니다. 언제나 예쁘다는 말을 듣는 새는 자신을 전혀 그렇게 생각하지 않는 동물들 사이에 가보기 전에는 자신이 누구였는지, 지금은 누구인지 알 수가 없습니다."

카나리아의 말에 귀농2호는 지금까지 답답했고 뭔가 빠져 있는 것 같았던 게 무엇인지 알게 되었습니다. 너무나 자연스러워 보였던 질문이 사실은 처음부터 잘못되어 있었던 거죠.

'우리는 닭이란 무엇인가를 물을 수 없다. 이런 질문은 우리가 세상과 따로 떨어져 홀로 존재할 수 있음을 전제하고 만들어진 질문이기 때문이다. 하지만 우리가 세상과 완전히 분리된 채 존재하게 되는 일은 없다. 물의 모양은 물을 담은 컵의 모양에 의해 결정되는 것이지 따로 있는 게 아니다. 따라서 어떤 컵에 물을 담았는가를 말하지 않은 채 물의 모양이 무엇이냐고 묻는 건 잘못된 일이다. 마찬가지로 우리가 어떤 세상에 사는가를 말하지 않고 닭이란 무엇인가를 물을 수는 없다. 그냥 닭만 똑 떼어내서 닭이란 무엇인가를 묻는다면 그 질문은 결코 제대로 된 질문이 아닌 것이다.'

귀농2호는 오래 전 자신이 닭장에서 탈출하고 나서 알게 되었던 것들을 다시 생각하게 되었습니다.

'난 오랫동안 나는 누구인가라는 질문에 몰두했다. 내가 없으면 닭장 안이든 밖이든 나의 삶은 없다는 사실을 알았기 때문이나. 하지만 그것과 동시에 오로지 나, 나, 나만 외치면서 나만을 본다면, 삶의 주체로서의 나만을 찾는다면 우리는 우리

주변 환경을 잊어버리게 된다. 그리고 결국 자신이 그 환경을 비추는 거울이라는 사실을 잊고, 사랑도 잊고, 다른 소중한 것마저 모두 잊은 채 그저 이 몸뚱어리만이 가장 소중하다는 생각을 하게 되는 것이다.

그런데 지금 나는 무지한 닭들에게 자식을 잃고 나서 비슷한 질문을 다시 하고 있다. 나는 누구인가라는 질문 대신에 우리란 누구인가라는 질문을 하게 된 것이다. 이것도 마찬가지다. 우리가 스스로가 누구인가를 잊어버릴 때 우리는 환경의 노예가 된다. 하지만 우리가 우리, 우리만을 외치면서 우리만 쳐다볼 때 우리는 우리를 둘러싼 환경을 잊어버린다.

미래는 예측할 수 없기 때문에 우리는 우리가 누구인지 정확히 말할 수 없다. 나는 누구인가라든가 우리는 누구인가라는 의문은 늘 갖고 있어야 하지만, 이 의문에 대한 답을 찾아야 삶이 시작된다고 생각하는 것은 어리석은 짓이다. 나와 우리는 계속 바뀔 뿐만 아니라 미리 알 수 없는 불확실한 미래와 만나 바뀌어 가면서 계속해서 새로운 나와 우리를 만나게 되기 때문이다. 산다는 것은 그런 것이다.'

"제가 보기에 그 질문보다 더 중요한 질문은 당신이 '왜 그 질문을 하게 되었는가'가 아닐까요?"

카나리아의 질문에 귀농2호는 그동안의 일을 말했습니다.

"저는 딱히 제가 현명하다고는 생각지 않습니다. 아니, 사실은 누가 더 현명하고 아니고가 중요한 게 아닙니다. 그건 상황과 기준에 따라 달라지니까요. 중요한 것은 다 같이 행복하게 사는 일이며, 제가 그들을 사랑할 수 있게 되는 것입니다. 아이의 죽음을 겪고 나서 제 마음은 더 이상 평화롭지 않습니다. 닭들이 지금까지 저질러 온 비극을 계속해서 반복하는 상황을 보고 있기가 힘이 듭니다. 그들은 얼마 지나지 않아 충격이 사라지고 나면 또다시 누군가의 아들이며 딸을 죽일 것입니다. 그리고 또 누군가가 가슴 아파하고 고통스러워하겠지요. 결국 모두가 돌아가면서 비극을 겪고 서로에게 상처를 입히고 맙니다. 그래서 그들은 종종 사는 게 고통이라고 말하죠. 하지만 그러면서도 그런 일의 반복을 멈추지는 못할 것입니다. 저는 그들을 완전히 잊어버리고 혼자서 살고 싶지는 않지만 그들의 옆에 있으면서 평화로운 마음을 가지고 살아갈 수도 없습니다. 그것이 제가 여행을 하면서 떠돌게 된 이유입니다. 정말로 닭들을 현명하게 만들 방법은 없을까요? 모두가 함께 행복하게 살아갈 방법이 없을까요?”

닭들이 사이좋게 지낼 방법은 없는지 고민했지만 결국은 닭들의 어리석음과 부족함을 미워하게 되고 말았다는 귀농2호의 고백에 카나리아가 대답했습니다.

“저는 그저 새장을 나와 숲에서 사는 작은 새일 뿐입니다. 안타깝지만 그런 방법은 알지 못합니다.”

귀농2호는 카나리아에게 감사를 전한 후 작별인사를 하고 그곳을 떠났습니다. 그는 이 대화로 자신의 질문 자체에 문제가 있다는 걸 알게 되었습니다. 그의 마음은 여전히 편치 않았지만 더 이상 밖에서 답을 구하려 애쓰는 것도 무의미한 짓이라는 생각이 들었습니다. 의견이라면 들을 만큼 들은데다 자기가 가장 애착을 느끼는 닭들은 자신과 다른 곳에서 사는 닭들이 아닌, 자유로운 닭들이 사는 땅에서 그와 함께 살아가는 닭들이라는 걸 새삼 느꼈기 때문입니다. 따라서 그 답도 자기가 사는 곳에서 찾는 게 맞는 일이었습니다.

그는 자유201호가 기다리고 있는 땅으로 돌아가기로 결심했습니다. 돌아가는 것은 기뻤습니다. 하지만 그는 답을 얻는 여행에 실패함으로써 실패한 닭이 되고 말았다는 생각에 내내 마음이 무겁기도 했습니다.

바보 새와의 삶

자유201호는 귀농2호가 여행을 떠난 이유를 이해했습니다. 그녀 역시 사랑하는 아이를 잃은 충격으로 무척이나 괴로웠으니까요. 그렇지만 그녀는 하루빨리 남편이 돌아와 주기를, 남편과 같이 하루를 시작하고 마치는 생활로 돌아가게 되기를 간절히 원했습니다. 여전히 그를 사랑했고, 무엇보다 그렇게 평범하게 살다 보면 마치 아무 일도 없었던 것처럼 마음의 상처도 훌훌 털어 버릴 수 있을 것 같았기 때문입니다.

그녀는 귀농2호가 떠난 후 매일 언덕에 올라 우두커니 선 채 그가 떠나간 길을 멍하니 바라보았습니다. 그리고 그가 나타나기만을 기다리고 또 기다렸습니다. 그렇게 하루가 가고, 한 달이 가고, 두 달이 지나면서 그녀의 몸은 점점 약해져 갔습니다.

그녀는 오직 귀농2호가 나타나는 순간만을 기다리며 슬퍼하고 상심하다가 이내 정신을 놓고 말았습니다. 만약 귀농2호가 일주일만 더 늦게 돌아왔더라면 자유201호는 죽었을지도 모릅니다. 그렇게 되기 전에 돌아온 건 다행이었지만 자유201호는 이미 제정신이 아니었습니다. 그녀는 혼자서는 살아갈 수 없는 바보 새가 되어 있었습니다.

마음속의 의문을 풀기 위해 떠난 여행에서 이렇다 할 만한 답 하나 얻지 못하고 돌아온 귀농2호는 자유201호의 모습을 보고 가슴이 미어졌습니다.

'아아, 도대체 나는 왜 여행을 떠난 걸까? 여행을 하는 동안에 배운 게 없는 것은 아니었지만 결국 나는 닭들의 어리석음을 없앨 방법을 찾지 못한 채 돌아오고 말았다. 아무런 결과도 없이 결국 아내에게만 상처를 준 것 아닌가!'

바보가 된 자유201호의 모습에 충격을 받은 귀농2호는 지금부터 자신의 생명이 끝날 때까지 그녀를 돌보는 일만 하면서 살기로 결심했습니다. 다른 어떤 일도, 그가 좋아하는 사색이나 닭들의 어리석음을 없앨 방법을 찾는 일도 모두 그녀를 돌보는 일보다는 중요하지 않았습니다.

시간이 흘렀습니다. 귀농2호는 바보 새의 남편으로 살았습니다. 자유201호를 돌보는 일은 쉽지 않았습니다. 도움을 받지 않는다면 아무것도 할 수 없는 그녀를 돌보자면 아주 잠깐의 시간일지라도 한눈을 팔 수가 없었습니다. 그녀가 사라지기라도 하면 찾아내기 어려운데다가 자칫 잘못하면 죽을 수도 있기 때문에 그는 하루 종일 그녀를 옆에 두어야 했습니다. 잠을 잘 때마저도 안심할 수가 없었습니다. 그러면서도 먹을 것과 마실 것을 구하고, 더위와 추위 그리고 일어날 수 있는 모든 위험한 공격 등에 대비해야 했습니다.

귀농2호는 빠르게 변해 갔습니다. 그러는 동안 많은 것들이 그에게서 멀어져 갔습니다. 때때로 전처럼 명상하고 사색했던 때 알던 것들을 되새겨 보려고도 했지만 이젠 별로 기억나는 게 없었습니다. 아주 많은 것들이 기억 저편으로 사라져 버렸으니까요. 상황이 좋아진다고 해서 다시 떠오를지도 알 수 없었습니다. 가끔은 그가 아주 멀리까지 여행을 했다는 이야기를 들은 젊은 닭들이 찾아와 질문을 하거나 학교를 열어서 아는 것을 가르쳐 달라고 요청할 때도 있었습니다. 하지만 그는 뭘 배우거나, 누군가와 토론을 하거나, 가르치는 일을 할 시간도 생각도 없었습니다. 그저 바보 새의 남편으로만 살았습니다.

그는 오랫동안 지혜를 찾아 헤맸지만 이제 그마저도 잊기로 했습니다. 더 이상 찾지 않기로 했습니다. 잊어버린 지식이나 지혜, 또는 잡을 수 있었던 몇몇 새로운 기회들도 아깝지 않았습니다. 오직 자유201호만을 위해 살기로 했기 때문입니다. 게다가 그는 사실 자기가 찾던 답을 찾을 수 없었고, 현명한 닭을 만들 방법 따위는 존재하지 않을 확률이 높았습니다. 결국 그 길의 끝에서 좌절하고 만 그는 어차피 벽에 부딪힐 길에 대해 뭔가를 아는 척하면서 가르치고 싶지 않았습니다.

귀농2호는 자유201호를 사랑했습니다. 그는 그저 그녀와 함께 살다가 한날한시에 같이 죽을 수 있기만을 바랐습니다. 귀농2호가 없는 상태에서는 그녀도 살지 못할 테니까요.

귀농2호의 생활 속에는 매우 무의미해 보이는 일이 많았습니다. 매일같이 집을 엉망으로 만들어놓는 자유201호 때문에 그는 매일매일 부서진 곳을 다시 수리해야 했습니다. 처음에는 그런 일들을 끝없이 반복해야 한다는 게 짜증이 났지만, 어느새 마치 가을 다음에 겨울이 오듯 그것은 당연한 일처럼 여겨졌고, 습관처럼 되어 버렸습니다. 매일 집의 어딘가를 부수는, 바보가 된 자유201호는 조금도 나아질 기미를 보이지 않았습니다. 결국 하나는 매일 집을 부수고 하나는 수리를 하는 날들이 반복되었습니다.

습관적으로 집을 수리하기 위해 이리저리 바쁘게 움직이고 있던 어느 날, 귀농2호는 이제 죽었는지 살았는지도 모르는 귀농7호가 그저 사는 것만으로는 충분치 않다고 했던 말을 기억해 냈습니다. 그러고는 생활의 의미, 하루의 의미에 대한 생각에 잠겼습니다.

'어떻게 보면 내가 하는 일들은 참 무의미하다. 그저 사는 것뿐이니까. 만약 누군가가 나에게 너는 요즘 무엇을 하느냐고 묻는다면 나는 아무것도 하지 않는다고 말해야 할 것이다. 누구에게도 매일같이 부서지는 집을 수리하는 일은 참으로 무의미하다고 느껴질 테니 말이다. 그렇게 볼 때 내가 날마다 나 스스로에게 오늘 너는 무엇을 생산했느냐고 묻는 닭이었다면 나는 그것 때문에 무척 괴로워했을 것이다.

그러나 하루의 의미는 이처럼 객관적으로 내가 무엇을 하는가에서 찾을 수도 있지만, 내 삶을 어떻게 바라보느냐에 따라 생겨날 수도 있다. 난 항상 제자리로 돌아오는 생활을 하면서 살고 있다. 내 생활에서는 달리기가 점점 더 빨라진다거나, 자식을 더 많이 낳는다거나, 집이 점점 더 커진다거나 하는 일들, 소위 발전이라고 할 만한 일들은 없다. 나는 의식적으로 어떤 변화를 만들려고 하지 않는다. 때문에 매일 조금씩이라도 발전이 있어야만 한다고 믿는 닭, 그냥 살아 있다는 것만으로는 충분치 않다고 말하는 닭들에게는 내 삶은 잘못된 삶, 낭비되는 삶, 무의미한 삶처럼 보일 것이다. 우리가 스스로 발전이 있어야만 한다고 믿을 때 그게 무엇이든 발전했다고 말할 만한 게 없으면 우리는 하루를 낭비했다며 괴로워하게 된다. 발전에 대한 강박이 우리를 괴롭게 만들기 때문이다.

어떤 닭들은 조급히 뭔가가 되고자, 뭔가를 이룩하고자 발전을 외치지만 실상 우리가 하는 일의 대부분은 그저 제자리에 있기 위함일 뿐이다. 제자리에 서 있는 일, 다시 말해 우리의 생명, 우리의 삶을 유지하고 보수하는 일이야말로 우리가 대부분의 시간과 에너지를 들여 하고 있는 일이다. 우리는 그저 인생을 허비하며 살아가는 게 아니라 무너져 가는 생명을 계속해서 유지하려는 노력과 몸부림 속에서 살아 있는 것이다.

제자리를 지키는 일을 대단한 일로 여기는가 아닌가는 우리가 지키려는 그것, 즉 일상적인 삶과 생명을 얼마나 가치 있는 것으로 생각하느냐에 달려 있다. 예를 들어, 조금이라도 더 빨리 발전해야 하고 뭔가를 이루고 싶어 한다는 것은 우리가 지금 우리가 지켜내는 일상이나 생명 따위는 그리 큰 가치가 없는 것, 그와는 다른 뭔가가 훨씬 더 큰 가치가 있는 것이라고 생각하고 있음을 보여준다.

그럴 수도 있다. 하지만 그 닭들은 무엇이 가치 있는 것인지, 무엇이 시간을 낭비하지 않는 삶인지 정말 알고 있을까? 그들은 내가 만든 집이 날마다 허물어졌다가 다시 지어지는 걸 보면서 내가 무의미한 짓을 하고 있다며 비웃을지 모른다. 그렇다면 자기들이 새로 만드는 집에는 어떤 의미가 있을까? 동닭이나 서닭들의 삶은 시간을 낭비하지 않는 삶이고 나는 시간을 낭비하면서 산다고 말할 수 있을까? 생명을 존귀하게 생각지 않는 동닭이나 서닭이 과연 단 하나의 생명이라도 제대로 구해 본 적이 있을까?

물론, 발전을 추구한다든가 뭔가를 열심히 한다는 건 나쁜 일이 아니다. 싫은 것을 없애고, 하고 싶은 일을 하고, 갖고 싶은 것을 더 가지려는 것은 우리의 자연스러운 모습이다. 잘못은 우리의 진짜 삶이 그런 욕망과 결핍이 충족된 후에야 시작된다고 생각한다는 데 있다. 그 욕구를 채우기 선에는 우리가 매일 시간과 노력을 들여 지키는 일상과 생명이 가치가 없다고 생각하는 것, 뭔가를 달성하기 전에는 나는 아직 아무것도 아니고, 싫은 것이 없어지기 전에는, 해보고 싶은 것을 해보기 전에는, 갖고 싶은 것을 갖기 전에는 살아도 사는 게 아니라고 생각하면서 괴로워하는 것이 잘못이다.

언제 어디에 어떻게 도달하든 위험과 결핍은 늘 있기 마련이다. 발전에 대한 강박은 지금 갖고 있는 것과 현실을 비하하게 만든다. 우리로 하여금 소중한 것을 잊게 만든다. 소중한 것을 보는 눈이 사라졌는데 과연 진정한 발전이라는 게 가능할까?

귀농2호는 그저 매일매일 부서진 집을 수리하면서 자유201호와 함께 조용히 늙어갔습니다.

아무것도 없는
닭

언제부터인지 자유201호는 행동이 점점 더 느려졌습니다.
육체적, 정신적으로 무척 고통스러워하면서도 그녀는 자신이
아프다고 말할 줄을 몰랐습니다. 그녀가 세상을 떠날 때가 되
었음을 직감한 귀농2호는 덜컥 겁이 났습니다.

'나는 한때 진리를 찾고야 말겠다는 거창한 꿈을 꾸었다.
그리고 닭들에 대한 희망을 구하려 머나먼 여행을 한 적도
있다. 또 화목한 가족도 있었다. 그러나 꿈도 희망도 가족
도 모두 깨어지고 흩어졌다. 모든 게 다 사라지고 지금 내

게 남은 것은 오직 아내뿐이다. 바보가 되었을망정 그 아내 마저 없다면 나는 정말 아무것도 없는 닭이 되고 만다. 그럼 나는 뭘 하면서 살아야 할까? 아무것도 없는 닭은 어떻게 될까?'

곧 닥쳐올 미래에 대한 두려움에 빠진 귀농2호는 더욱 정성을 다해 자유201호를 세심히 돌보았지만 그녀는 점점 약해져만 갔습니다. 그녀가 고통스러워할수록 그의 슬픔과 걱정은 날마다 더해졌죠.

결국 그날은 오고야 말았습니다. 어느 날 아침, 그는 자유201호가 눈을 뜨지 않는다는 걸 알았습니다. 그녀는 조금의 움직임도 없이 싸늘하게 식은 몸으로 누워 있었습니다. 귀농2호는 이제 정말로 아무것도 없는 닭이 되고 말았습니다.

그는 자유201호를 생각하면 미안하고 가슴이 아팠습니다. 그녀가 바보가 되지 않았더라면 훨씬 더 오래 살 수 있었을 텐데, 자신이 여행을 떠나 있는 동안에 그녀가 시름시름 앓으면서 바보가 되었기 때문입니다.

반면, 그녀의 죽음은 슬펐지만 축하한다고 말하고 싶기도 했습니다. 살아 있다 하더라도 바보 새로 사는 건 그다지 행복한 삶이라고는 할 수 없었습니다. 귀농2호는 사실 자신이 자유 201호를 지켜온 게 아니라 왠지 벌써 쉬었어야 할 그녀를 붙들고서 자신을 지켜달라고 졸라온 것 같았습니다.

귀농2호에게는 이제 아무것도 없었습니다. 자유201호를 돌보는 일이 사라진 그날, 그는 어둡고 긴 동굴 속으로 터벅터벅 걸어 들어갔습니다. 아마도 이곳에서 다시 나올 일은 없을 거라는 생각이 들었습니다.

귀농2호는 그 안에서 먹지도 마시지도 않았습니다. 그는 단지 과거의 일들을 생각했습니다. 닭장 안에서의 어린 시절들, 닭장을 나와서 귀농을 만난 일, 자유201호와 지낸 시간들, 자식들에게 해주었던 말들이며, 여행에서 두꺼비와 카나리아를 만난 일들을 생각했습니다.

그렇게 하루하루 시간은 흘렀습니다. 귀농2호도 점점 약해졌습니다. 한동안은 현실과 환상이 겹쳐지더니 현실을 확실히 인식하는 순간이 점점 더 줄어들었습니다. 언제부터인가 꿈속으로 스르르 빨려 들어갔다가 빠져나오는 일이 반복되었습니다.

그러던 중 어느 순간 그의 앞에 귀농이 나타났습니다. 귀농을 보자마자 그는 고개를 떨궜습니다. 눈물이 하염없이 흘리네

렸습니다. 그는 귀농에게 사과했습니다.

"저는 결국 아무것도 되지 못했습니다. 당신이 살려준 목숨은 쓸데없이 낭비되고 말았습니다. 당신의 죽음을 헛되게 만들어 죄송합니다. 저는 닭들을 일깨울 진리도 깨닫지 못했고, 다른 닭들에게서 희망을 발견하지도 못했습니다. 가족도 모두 잃어버리고 이제는 이렇게 늙고 보잘것없이 아무것도 없는 닭이되고 말았습니다. 저는 그 어떤 닭도 자유롭게 하거나 깨어나게 하지 못했습니다. 저 자신조차도 자유롭게 만들지 못했습니다. 죄송합니다. 당신은 저 같은 초라한 닭을 구하기 위해 목숨을 희생하지 말아야 했습니다."

말을 끝내고 고개를 들었을 때 귀농2호의 눈에는 입가에 미소를 머금고 있는 귀농이 보였습니다.

귀농은 슬퍼하는 그를 보며 빙그레 웃을 뿐이었습니다. 마치모든 것이 다 괜찮아질 거라고 말하는 것 같았습니다.

귀농2호는 기뻤습니다. 오랜만에 맛보는 기쁨이었습니다.

귀농이 말했습니다.

"중요한 것은 자기를 느끼고 겸손한 닭이 되는 것이지.
우리는 항상 모르는 게 있다네. 우리는 그저 유한한 닭이기 때문이지. 과거에도 지금도 그리고 미래에도 말이야."

귀농2호는 귀농의 웃는 얼굴을 보다가 꿈에서 깨어났습니다. 그리고 귀농이 했던 말을 생각해 보았습니다.

'우리는 왜 미래에 대해 두려움을 가질까? 살면서 슬픈 일을 겪고 상처를 입기 때문이다. 따라서 우리는 또다시 그런 일을 겪지 않기 위해 계획을 세우고 방법을 찾는다. 과거의 경험이나 남의 경험을 바탕으로, 다시 말해 과거의 기억을 바탕삼아 슬픈 일과 상처로부터 자신을 보호할 방법을 찾으려고 한다. 도둑을 맞았던 사람이 앞으로는 도둑을 맞지 않을 어떤 방법을 찾는 것처럼…….

내가 여행을 떠난 것도 사랑하는 아들을 잃은 슬픔 때문이다. 그때 나는 너무나 슬프고 아프고 힘들었기 때문에 그런 일이 반복될 가능성이 있다는 생각만 해도 두려웠다. 살던 대로는 도저히 살 수가 없었다. 그래서 방법을 찾아야겠다는 생각을 하게 되었다.

그러나 어떤 진리를 누구에게 들든 우리는 결국 세상이 우리의 계획대로는 되지 않는다는 사실을 발견한다. 우리가 알고 있는 그 진리는 진짜 진리, 영원한 진리가 아니라는 사실을 알게 된다. 그렇게 또 실패하면 우리는 다시 슬픔과 상처를 예감하고 두려워하게 되는 것이다. 이처럼 두려움은 우리 스스로가 만든 계획이나 이해가 현실과 다르다는 것에서부터 시작된다. 우리가 연약한 존재라는 것을 자각하면서 시작된다. 그리고 시간이 지나면 실제로 슬픈 일이 생기고 만다.

우리는 그 두려움과 슬픔에서 벗어나고 싶어 한다. 보잘것없고 아무것도 없는 존재에서 탈피하기 위해 이런저런 것을 궁리하고 긁어모은다. 그리고 다시 실패하고 도로 아무것도 없는 존재가 되었음을 깨달으며 좌절하고 절망한다.

하지만 우리가 가장 먼저 수긍하고 받아들여야 할 게 있다. 그것은 우리는 언제나 한계를 가진 유한한 존재로 남으리라는 것이다. 언제나 우리의 생각은 부족할 것이고 세상은 우리 생각과는 다를 것이다. 우리와는 달리 영원한 진리를 아는 신이 존재한다고 해도 우리가 그 신의 목소리를 깨끗하게 듣는 날은 영원히 오지 않는다. 우리는 유한한 존재이기 때문이다.

나는 지금 초라하고 구질구질한 존재이며, 그것은 미래에도 마찬가지일 것이다. 물론 내 삶 속에는 크게 웃고 떠들며 즐기는 좋은 날도 종종 있겠지만, 나의 노력과는 상관없이 슬픈 날은 오고야 말 것이다. 언제 어떻게 얼마나 매섭게 올지 모르는 세상의 파도가 몰려오면 나는 흔들릴 것이고, 꼴사납게 바닥에 쓰러져서는 화를 내거나 울게 될 것이다. 나는 벽에 부딪힐 것이고 그 벽을 무너뜨리기 전까지는 길을 애초에 잘못 들었다며 좌절하게 될 것이다. 설사 그 벽을 넘어서 전진하게 되는 날이 와도 나는 또 다음 벽 앞에서 좌절하게 될 것이다. 과거에도 그랬고, 지금도 그렇고, 미래에도 그럴 것이다.

나뿐만이 아니다. 세상의 모든 닭이 다 그렇다. 모든 닭들은 서로 다 다르다. 그러나 그들은 모두 유한한 존재라는 점에서는 같다. 나는 어리석은 닭들을 현명한 닭으로 만들 방법을 찾으려 했지만, 현명하다는 것과 어리석다는 것은 그저 상대적인 말에 지나지 않으며, 또 다른 차원에서 보면 우리는 언제나 어리석은 닭으로 남게 될 뿐이다.

우리는 어리석음과 부족함이 없는 세상을 꿈꾸지만 어떤 의미에선 바로 그 세상의 어리석음과 부족함이 우리가 살 수 있는 이유이고 우리의 존재 의미다. 자유201호의 부족함이 내 삶에 의미를 주었듯 말이다. 자유201호가 나를 전혀 필요로 하지 않았더라면 나의 삶의 의미는 진즉에 사라졌을 것이다. 세상의 부족함이란 마치 매일 집을 무너뜨리는 자유201호의 부족함과도 같은 것이다. 우리는 계속 그것과 싸워야 하지만 그 싸움이 언젠가 완전히 멈춰질 거라고 기대하거나 그렇게 할 방법이 있다고 믿고 그것을 찾아 헤매서는 안 된다. 그런 날은 오지 않을 뿐더러 그런 고민은 그저 언제까지 이 싸움을 계속해야 할지 우리를 지치고 화나고 짜증나게 할 뿐이다. 모든 싸움이 멈추는 날이 정말 온다면 우리는 매우 비참해질 것이다. 존재의 의미가 없어지기 때문이다. 너무나 편하게 사는 동물은 똥을 만들어내는 기계에 지나지 않는다.

지금 우리가 매일매일 해야만 하는 것은 지금 이 순간 나는 무엇을 할 것인가, 우리는 지금 무엇을 선택할 것인가라는 질문에 답하는 일이다. 오늘이든 내일이든 우리는 결국 그날그날의 질문과 정면으로 만나야 한다. 그리고 느끼는 대로 선택하면서 살아가야 한다. 세상이 우리에게 맛있는 먹이를 주든 딱딱한 돌멩이를 주든 그것 앞에서 우리는 우리 자신으로 맞서야 한다.

미래는 미리 걱정할 필요가 없다. 하루하루가 우리를 변하게 하면서 우리는 매일을 다른 나로, 다른 우리로 살게 될 테니 말이다. 우리는 내일의 답을 오늘 미리 알 수 없다. 내일은 내일의 내가 만난다. 우리의 걱정은 오늘의 내가 아니라 기억에 의존하거나 남의 말에 의존해서 만들어낸 과거의 내가 오늘과 만

나 만든다. 그렇게 한 선택들은 미래에 대한 우리의 두려움을 더욱 크게 만든다. 그것들은 진짜 내가 한 선택이 아니라 누군가 다른 사람이 한 것이기 때문이다. 결국 아는 것보다 느끼는 게 더 중요하다. 앎이 우리의 눈을 가리게 해서는 안 된다.'

저 멀리 동굴 입구에서부터 차오르는 빛을 보면서 귀농2호는 또다시 다른 새벽이 다가오고 있음을 느꼈습니다. 그는 이제 동굴 밖으로 나갈 수 있게 되었습니다.

바깥세상의 닭들은 매우 아름답고 귀하지만 동시에 한계를 가진 흉한 모습도 간직하고 있을 것입니다. 누구도 완벽하지는 않을 것입니다. 귀농2호는 자기가 그들과 만났을 때 무엇을 말할 것인가, 무엇을 할 것인가를 고민하지 않게 되었습니다. 그들이 완벽하지 않다고 미워하지 않을 자신도 있었습니다. 그는 다만 지금의 나로서 그들을 만나면 된다고 생각했습니다. 그러면 삶은 저절로 펼쳐질 것입니다. 귀농2호는 더 이상 아무것도 걱정하지 않았습니다.